Stefan Gerner

Neobiont

2. überarbeitete Auflage

AF286420

weiteres Werk des Autors:

Ajana-Short Stories

FSC

www.fsc.org

MIX

Papier aus ver-
antwortungsvollen
Quellen

Paper from
responsible sources

FSC® C105338

Stefan Gerner

Neobiont

Roman

-Impressum-

© 2024 Stefan Gerner

Neobiont/ Roman

Edition 2.0 2024

Cover: Stefan Gerner

Covertext: Stefan Gerner/www.canva.com

Erstlektorat: David Hollmer

Zweitlektorat: Sabine McCarthy

www.derletzteschliff.de

Alle Rechte vorbehalten

ISBN: 978-3-7597-7976-2

Verlag: BoD • Books on Demand GmbH, In de Tarpen 42,

22848 Norderstedt

Druck: Libri Plureos GmbH, Friedensallee 273, 22763 Hamburg

Das Buch

Das 22. Jahrhundert ...

Beinahe die gesamte Menschheit wurde durch eine mysteriöse Seuche vom Angesicht des Planeten getilgt. Die letzten Überlebenden hausen in riesigen abgeriegelten Städten, die überwiegend in Küstennähe errichtet wurden. Sam kommt, ohne jegliche Erinnerung, in einer dieser Metropolen zu sich. Auf der Suche nach seiner Identität gerät er zwischen die Fronten von Widerständlern und dem Machthaber der bizarren Großstadt. Unfreiwillig scheint er mit ihrem Konflikt verbunden zu sein. Er kommt einem Komplott auf die Spur, welches das Ende der restlichen Menschen bedeuten könnte...

Der Autor

Stefan Gerner wurde 1987 in der Universitätsstadt Erlangen geboren. Nach dem Realschulabschluss erlernte er den Beruf des Industriemechanikers. Seit der Kindheit liest er Unterhaltungsliteratur und ist mit seinem ersten Roman, auch zum Schreiben von eigenen Geschichten übergegangen. Neben seinem anderen Hobby, dem Bogenschießen, bereist er gerne die Welt, auf der Suche nach Abenteuern abseits des Alltags. Sein Erstlingswerk „Neobiont" gehört ins Subgenre Cyberpunk/Biopunk der Science-Fiction.

I

II

„Es geht aus dem Kampf der Natur, aus Hunger und Not,

unmittelbar die Lösung des höchsten Problems hervor, das wir

zu fassen vermögen, die Erzeugung immer höherer,

vollkommener Wesen."

Charles Darwin (1809-1882)

-Prolog-

Februar 2032,

Ljachow-Inseln, nördlich von Ostsibirien

Der eisige Wind pfiff den Forschern, die auf ihren Schneemobilen auf der Insel unterwegs waren, ins Gesicht. »Es kann nicht mehr weit sein«, teilte der Leiter der Expedition den anderen über Funk mit. »Irgendwo hier muss sich die markierte Stelle befinden.« Das Brummen der Motoren wurde leiser, als sie ihr Ziel erreichten. Sie bildeten mit ihren Motorschlitten einen Halbkreis und stiegen ab. Aufgrund des Sturms, der seit einigen Stunden über die Insel hinwegfegte, hatten sie sich fast blind an dem GPS-Signal orientiert. Vor ihnen tat sich ein kilometerlanger Riss auf. Im eisigen Boden steckte der Sender, den der Gletscherarchäologe hinterlassen hatte. »Von hier aus müssen wir zur Höhle hinuntersteigen«, kommentierte der Forscher. Erwartungsvoll nahmen sie ihre Ausrüstung von den Schlitten, fixierten die Steigeisen an ihren Stiefeln und setzten die Helme auf.

»Dass wir so etwas zu sehen bekommen, ist erstaunlich«, sagte einer der Forscher leise, der gerade seinen Klettergurt anlegte.

»Durch die Klimaerwärmung ist hier das Eis weitgehend abgetaut. Nur so konnte ich die Höhle überhaupt finden«, erklärte der Expeditionsleiter. Er klatschte freudig in die Hände. Vor einigen Wochen hatte er durch Zufall ein unterirdisches Gewölbe entdeckt, während er Proben aus den Eisschichten entnahm. Sie fixierten ihre Seile an den Schneemobilen, direkt neben dem Eispickel, den der Expeditionsleiter und Archäologe damals als T-Anker verwendet hatte. Dieser steckte immer noch im Schnee, vor lauter Aufregung hatte er ihn damals vergessen.

»Denkt daran, eure Eisbeile immer vertikal auszuheben, beim Hin- und Herwackeln könnte die Metallspitze abbrechen.« Mit diesen Worten stieg der Forscher, gesichert durch Karabiner, an der eisigen Wand hinunter und rammte dabei seine Pickel abwechselnd in das blau schimmernde Eis. Nachdem alle heil unten angekommen waren, versammelten sie sich und aktivierten ihre Stirnlampen. Je tiefer sie kamen, desto dunkler wurde es. »Holt eure Magnesiumfackeln raus, wozu haben wir sie denn.« Das Echo des aufgebrachten Archäologen hallte durch die engen Tunnel. Mit einem lauten Zischen entflammten die Fackeln und warfen groteske Schatten an die Wände. Im rötlich schimmernden Dunst erkannte die kleine Gruppe das verzweigte Netz der Höhle. »Bleibt zusammen und folgt mir! Durch diese Passage gelangen wir in die Kammer.« Nach einigen hundert Metern durch verwinkelte Gänge standen sie schließlich an dem Ort, den der Leiter am Vorabend mehrmals angepriesen hatte. »Hier liegt er, meine Freunde«, dabei deutete der Forscher auf eine der Wände. Vorsichtig kamen sie der besagten Stelle näher. Der Archäologe zog seinen Handschuh aus, als wolle er so etwas Überwältigendes würdigen, indem er es mit bloßen Händen berührte. In der Eiswand vor ihnen konnte man schemenhaft den konservierten Körper eines ausgewachsenen Höhlenlöwen erkennen. Mithilfe ihrer Ausrüstung aus den Rucksäcken legten sie den Kopf des Tieres frei. »Erstaunlich, wirklich erstaunlich! Da haben sie einen bedeutenden Fund gemacht, Professor«, sagte einer seiner Kollegen und klopfte ihm anerkennend auf die Schulter. In den nächsten Tagen bereiteten sie den Abtransport vor. Leider kamen sie nicht umhin, den Körper des Tieres aufzuteilen, um es aus dem Gewölbe zu bekommen. Mittels Hubschrauber, die sich von Sibirien aus auf den Weg machten, brachten sie den Fund zunächst aufs russische Festland. Von dort aus ging es dann weiter ins Land der aufgehenden Sonne.

März 2032,
Tokio, Japan

Zwei Wochen später, in einem Labor in Japan, begannen die Arbeiten an dem Tier, wissenschaftlich *Panthera spelaea*. Die Forscher waren in heller Aufregung, alles war erstaunlich gut erhalten geblieben. Sie stellten Fellreste, Gewebeproben und sogar flüssiges Blut sicher. Laut den gewonnenen Erkenntnissen war das Tier vor ca. 75.000 Jahren im letzten Glazial verstorben. Die Todesursache blieb ihnen jedoch ein Rätsel. Im weiteren Verlauf der Untersuchung zog man die Neurobiologin Kiyako Tanake hinzu, da an den Überresten des Gehirns eine Art von Befall festgestellt worden war. Sie ordnete ihn einem bislang nicht klassifizierten Parasitenstamm zu. Dieser Fund im Schädel des Löwen brachte jedoch nicht nur Gewissheit über dessen Tod, sondern setzte eine Kette von Ereignissen in Gang, die die Menschheit an den Rand ihrer Ausrottung bringen sollte.

Drei Monate nachdem das eiszeitliche Raubtier untersucht worden war, starben die beteiligten Personen an einer massiven Hirnblutung. Bei deren Autopsie konstatierte man denselben Neuroparasiten wie im Gehirn des Tieres. Der damalige Bericht von Dr. Tanake lautete wie folgt:

Der Parasit biss sich an dem Höhlenlöwen fest, drang in den Körper ein, indem er Enzyme absonderte, um die Proteine der Haut zu zersetzen. In der Blutbahn entwickelte sich die Larve zu einem Wurm, der durch die Blut-Hirn-Schranke schwamm, so das Gehirn infiltrierte und dort Eier ablegte. Dadurch wuchs über Monate hinweg eine ganze Kolonie heran, nur wenige Mikrometer große Parasiten. Diese ernährten sich von Blutgefäßen im Gehirn und verursachten schlussendlich mehrere Aneurysmen.

Unklar war bis dato, wie sich die Forscher mit diesem Eindringling infiziert hatten. Es wurde davon ausgegangen, dass einer der Wissenschaftler direkten Kontakt mit der Hirnmasse gehabt hatte. Sechs weitere Monate vergingen. In Japan kam es zu immer mehr Todesfällen, die man in Zusammenhang mit dem Parasiten brachte. Trotz aller Vorkehrungen, die seit dem Tod der Forscher getroffen worden waren, breitete sich die neue Seuche – wenn auch langsam – unaufhörlich weiter aus...

1

Wo bin ich!? Das waren die ersten Gedanken, als er erwachte. Der Mann starrte an die Decke, die Augen brannten, als hätte er sie noch nie zuvor in seinem Leben geöffnet. Der Raum, in dem er sich befand, war nicht sonderlich hell ausgeleuchtet. Durch die kleinen schmalen Fenster drang kaum Tageslicht, aber es reichte aus, damit seine Augen schmerzten. Er blinzelte mehrmals und richtete sich langsam auf. Sein Körper war von Kälte durchdrungen, so als ob er diesen erst auf Betriebstemperatur hochfahren müsse. Zudem trug er keinerlei Kleidung, ausschließlich ein dünnes weißes Tuch war um seine Hüften gewickelt, sodass sein Schambereich bedeckt war. Wo bin ich? Er saß einige Minuten aufrecht da und versuchte, sich an etwas zu erinnern. Es wollte ihm nicht gelingen. Wichtiger als das *Wo*, war plötzlich das *Wer*. Der Mann besaß keinerlei Wissen über seine Identität. Jede Bemühung, eine Erinnerung heraufzubeschwören, schlug fehl. Er sah sich um. Das spärliche Licht ließ ihn nur erahnen, wo er hier war. Überall hingen Spinnweben von der Decke, die so lang waren, dass sie bis zum Boden reichten. Auf einem metallenen Tisch konnte er stapelweise Papiere, Reagenzgläser und andere Geräte ausmachen, die aber genauso viel Staub angesetzt hatten wie der Rest des Zimmers. Zudem roch die Luft muffig, bestimmt hatte sich irgendwo Schimmel breitgemacht. Die Fenstergläser, verschmutzt und fast milchig, verstärkten das Gefühl, dass sich hier schon lange kein Mensch mehr aufgehalten hatte. Eine silberne Tür, die scheinbar mit der Wand verschmolz und geschlossen war, würde ihn aus dem Zimmer führen. Er selbst saß in einer Art Schlafkapsel, die eher einer Gefriertruhe glich als einem Bett. An der Seite der Kapsel liefen mehrere weiße Kabel bis zur gegenüberliegenden Wand und steckten dort in einer riesigen Glastafel, sicherlich ein Bildschirm. Neben ihm, an der Außenseite der Schlafkapsel, leuchtete ein Bedienfeld mit blauen und grünen Lichtern, darunter las er ein Wort: *SAM* stand da in kleinen Lettern, die etwas undeutlich waren. Vielleicht hieß er »Sam«. Bei diesem Namen klingelte zwar nichts, aber es könnte immerhin ein Anhaltspunkt zu seiner Identität sein. Außer dem Tisch, einem Stuhl und der Glastafel an der Wand war der Raum vollkommen leer. Alles wirkte kalt und steril wie ein Patientenzimmer in einem Krankenhaus. In solchen Einrichtungen gab es immer nur das Nötigste. Der Mann hatte zwar keinerlei Wissen über sich oder diesen Ort, sonst konnte er aber klare Gedanken fassen, was die Vermutung nahelegte, möglicherweise an einer partiellen Amnesie zu leiden. Er musterte die Umgebung immer wieder aufs Neue. Was sollte das alles? *Sam* stieg aus seiner Kapsel und brauchte einige Zeit, um das Gleichgewicht zu halten. Seine Muskeln, ja sein ganzer Körper, wirkten, als ob er sich nie bewegt hätte. Barfüßig und leicht unbeholfen machte er seine ersten Schritte. Erleichtert stellte er fest, dass er mit jeder Minute, die verstrich, mehr Kontrolle über seine Bewegungen bekam. Alles wurde fließender, und ehe er sich versah, lief er auf und ab, als wäre nie etwas gewesen. Darauffolgend bewegte er sich in Richtung Wand, da er sich in der spiegelnden Glastafel betrachten wollte. Als er davor stand, ging über ihr eine Neonlampe an, die in unregelmäßigen Abständen zu flackern begann. Wenigstens sorgte sie jetzt für mehr Licht im Raum. Mit seiner Hand wischte er über die kalte, verdreckte Oberfläche. An der linken unteren Seite war das Glas angebrochen, mehrere tiefe Risse verliefen quer über die ganze Fläche. Vielleicht würde er sich einen Reim auf all das machen können, wenn er sich sah. *Sam* betrachtete mit gerunzelter Stirn sein Spiegelbild, das aufgrund der vielen Risse einem Mosaik glich. Er war etwa zwei Meter groß und athletisch. Er machte tatsächlich einen überaus durchtrainierten Eindruck, sein Haar war kastanienbraun, die Augen stahlblau. Sein Gesicht wies keinerlei Merkmale, Narben, Falten oder sonst eine charakteristische Auffälligkeit auf. Daher fiel es ihm schwer, sein genaues Alter zu bestimmen. Er schien jung zu sein, aber seine Augen strahlten eine Weisheit aus, die nur bei Menschen auftrat, die ihre besten Jahre bereits hinter sich hatten. Zwei bis drei Minuten vergingen, jedoch blieb ihm sein Kopf ein weiteres Mal eine Antwort schuldig. Enttäuscht wandte er sich ab und trat an den metallenen Tisch heran. Die Reagenzgläser darauf hatten Sprünge und Risse, einige Utensilien waren durch starken Rost schon halb zerfressen. Den Stapel vergilbter Papiere fächerte er auf wie Spielkarten bei einem Kartenspiel. Sie waren nicht wirklich brauchbar. Merkwürdige kleine Skizzen, Formeln und undeutlich verschmierte Krakelschrift ließen keinen Schluss zu, worum es sich handeln könnte. Nachdenklich kratzte sich der Mann am Hinterkopf und ließ seinen Blick erneut durch den Raum schweifen. Über der Lehne des Stuhls hingen Kleidungsstücke. Er umrundete den Tisch, um die Sachen zu begutachten. Schuhe, Unterwäsche, eine Hose, ein Hemd, ja sogar eine braune Kunstlederjacke machten den Eindruck, als wären sie für ihn bereitgelegt worden. *Sam* probierte sie an. Sie passten maßgenau, weswegen es sich nur um seine eigenen Klamotten handeln konnte. Für wen hätten sie auch sonst hier liegen sollen? Er musterte die Kleidung an seinem Körper, alles hatte einen etwas militärischen Look. Die Jacke besaß an den Ärmeln integrierte Lichtstreifen. Die Hose hatte viele Taschen, das gesamte Outfit fühlte sich leicht und bequem an. Mit seinen Händen strich er die Jacke glatt, wühlte kurz in den Taschen und spürte etwas Kantiges. Er zog es heraus, es war eine kleine, quadratische Glasscheibe, zum Teil eingewickelt in einem Stück Papier. Er packte sie aus und bemerkte, dass auf dem Zettel fünf Wörter geschrieben standen, die beinahe verblasst waren. *Er ist der Schlüssel, Eve.* Der Mann wusste nicht, was das bedeuten konnte. Nachdenklich irrten seine Blicke durch das Zimmer, wobei er an der Schlafkapsel ein Waffenholster bemerkte, das unscheinbar mit einem Gürtel an der Seite der Kapsel hing. Eine Pistole? Hier? War er womöglich ein Soldat, der nach einem Einsatz hierhergebracht worden war? Handelte es sich um eine medizinische Einrichtung wie etwa ein Krankenhaus? Das würde einiges erklären, vielleicht hatte man ihn hier behandelt. Je länger der Mann grübelte, desto mehr war er davon überzeugt. Ja, die Indizien sprachen dafür. Da es in dem Zimmer nichts mehr gab, was ihm hätte weiterhelfen können, beschloss *Sam*, nach draußen zu gehen. Es war höchste Zeit, das Personal zu finden oder zumindest jemanden, der ihm ein paar Antworten geben konnte. Er steckte das Stück Papier und die Glasscheibe zurück in seine Jackentasche, griff sich das Waffenholster und schnallte sich den Gürtel um. *Wenn du nicht weiterweißt, dann such dir jemanden, der mehr Ahnung hat.* Der Ratschlag war ihm plötzlich in den Sinn gekommen. Zwar konnte er ihn keiner bestimmten Person zuordnen, fand ihn aber sinnvoll. Daraufhin lief er zu der silbernen Tür, die mit der Wand eine ebene Fläche bildete. *Sam* suchte nach einem Öffner oder Schalter. Ein kleines blaues Feld blinkte kurz auf, als er mit der Hand am Türrahmen entlangfuhr. Mit dem Finger drückte er die Taste, die rot zu leuchten begann. Schlagartig fuhr die Tür in die Decke. Er kam in einen langen dunklen Korridor, in dem es zwar keine weiteren

Türen gab, der jedoch irgendwo hinführen musste. *Sam* nahm auch hier einen seltsamen, modrigen Geruch wahr. Genau wie in seinem Zimmer hatte er das Gefühl, dass hier ebenfalls schon lange keine Menschenseele mehr durchgelaufen war, geschweige denn irgendeine Art von Betrieb herrschte. Er runzelte die Stirn, wischte sich durch sein Haar und ging weiter den Korridor entlang. Ein beklemmendes Gefühl überkam ihn. Warum war hier alles so gottverlassen? Der Erwachte wollte hier raus, soviel stand für ihn fest. Er lief bis ans Ende des Ganges und konnte einen Durchgang mit einer Treppe in die darüber liegende Etage erkennen. Als er nach oben gestiegen war, vernahm er Geräusche. Seine Schritte beschleunigten sich in der Hoffnung, irgendeine Person anzutreffen. Das Getöse war jetzt zwar lauter geworden, er konnte deutlich dutzende Stimmen und eine Art von Motorenlärm vernehmen, aber in dieser Etage war niemand. Der Lärm drang durch eine der Wände. *Sam* tastete an dieser Stelle die weißgrauen Fliesen ab. Seine Hand strich an den Platten entlang, wo das Geräusch am lautesten war. Er suchte nach irgendeiner Unregelmäßigkeit. In derselben Sekunde, in der seine Finger über eine solche Stelle fuhren, erschien ein kleines grünes Feld in einer der Kacheln. Er drückte instinktiv mit seinem Daumen dagegen, und das Quadrat scannte sogleich seinen Fingerabdruck. Auf einmal sagte eine digitale Stimme: »—Identität bestätigt, —Ausgang wird geöffnet.« Der Anblick, der dem Mann daraufhin geboten wurde, als sich die Wand teilte, versetzte ihn in Erstaunen.

2

Vor ihm erstreckte sich eine moderne, technisierte Stadt. Riesige, elfenbeinfarbene Gebäude schwangen sich spiralförmig in den Himmel. An ihnen wucherten vertikale grüne Gärten, dazwischen strahlten animierte Reklametafeln auf den Weg vor ihm. Autonome Fahrzeuge lenkten sich wie von Geisterhand durch die Straßen, ohne den Boden zu berühren. Menschen liefen zielstrebig durch die Gegend. Im Hintergrund war das Abendrot des Sonnenuntergangs zu erkennen. Beeindruckt von der Szenerie wanderte der Mann durch die Stadt und sah sich weiter um. Es gab fliegende, silberne Drohnen, die zwischen den Menschen patrouillierten. Sie hatten ovale Formen, die einem Ei glichen. Rote Lichter flossen darin und verliehen den Maschinen auf diese Weise eine Art Gesicht. Kleine schwarze Roboter, die aussahen wie Würfel, säuberten die Wege. Manche Menschen bewegten sich auf runden Scheiben vorwärts, die zu schweben schienen. An den Wänden entzifferte er Slogans, die genau dann sichtbar wurden, wenn man daran vorbeischritt. *New Traiana schützt euch vor der Seuche*, las er einmal, oder *Trinkwasser gibt es nur bei uns*. Es waren eher Parolen als Slogans. Und was könnte mit *Seuche* gemeint sein. *Sam* bekam dabei ein komisches Gefühl in der Magengegend. So als wäre ihm dieses Wort ein Begriff. Die Menschen dieser Stadt machten einen gehetzten Eindruck auf ihn. Niemand sprach viel, jeder war mit sich selbst beschäftigt. Ein paar Meter entfernt gab es einen riesigen Tumult an der Ecke einer Gasse. Mehrere Menschen standen um einen schwebenden Wassertanker herum und hielten Schalen, Kanister oder Schüsseln hoch. Die Person auf dem Tanker, ein Mann in einer dunkelblauen Uniform, verteilte Wasser und füllte halbherzig die Behälter. Die Leute schrien, als ein anderer uniformierter Mann den Wasserfluss abdrehte. Vier bewaffnete Soldaten, die dem Tanker Begleitschutz gaben, zielten mit ihren Gewehren auf die Menge, bereit, jeden zu töten, der dem Fahrzeug zu nahe kam. Eine Frau, dicklich und mit tiefen Falten im Gesicht schüttete vor Wut ihre Schale Wasser einem der Soldaten vor die Füße, bereute aber sofort ihre Tat. Ohne Zögern trat dieser einen Schritt nach vorne und schlug ihr den Gewehrschaft ins Gesicht. Die anderen Soldaten gaben Warnschüsse ab. Danach brach das Chaos los. Angstverzerrte Schreie ertönten und durcheinanderlaufende Menschen verteilten sich in alle Richtungen. Die Soldaten standen unbeeindruckt da, warteten, bis sich der Tanker wieder in Bewegung setzte und machten sich in das nächste Stadtgebiet auf. Einer der Soldaten, ein Nachzügler, trat die verletzte Frau mit dem Stiefel, als diese jammernd am Boden lag. Konnte es sich hierbei wirklich um anständige Menschen handeln? Die Art und Weise, wie sie mit den Bürgern umgegangen waren, ließ darauf schließen, dass sie genau das

Gegenteil waren. Instinktiv rannte *Sam* auf ihn zu, stellte sich schützend vor die Frau und rief: »Lassen Sie sie in Ruhe!« Der Soldat schaute ihn grimmig an, als ob er nur durch seinen Blick sagen wollte, was er doch für einer minderen Gattung angehörte. »Wie heißen Sie!?«, kam es, einer Feststellung gleich, militärisch zackig aus ihm heraus. Der Mann überlegte kurz, wie er darauf antworten sollte, dann erinnerte er sich an den eigentümlichen Behälter und an das eingravierte Wort. »Äh, mein Name ist Sam, aber was geht Sie das an?«, sagte er provokant. Der Soldat schien zu merken, dass mit dem Mann etwas nicht stimmte, da dieser ihm keinen Funken Respekt zollte. Er machte eine kreisende Bewegung mit seiner Faust, daraufhin kamen zwei der silbernen Drohnen zu ihm geflogen. »Scannt diesen Mann sofort«. Sam trat irritiert einen Schritt zurück. Im nächsten Moment tasteten ihn die fliegenden Roboter mit ihren roten Lichtern ab. »Konnte nicht als Mitbürger klassifiziert werden – Subjekt unbekannt«, ertönte eine digitale Stimme aus einer der schwebenden Maschinen. »Waffe der Kategorie 3 am Körper ausgemacht – mögliche Bedrohung erkannt.« Die Drohnen klappten an den Seiten zwei Läufe aus, die unmissverständlich an Pistolenläufe erinnerten. *Okay, jetzt könnte es brenzlig werden.* Sein Instinkt meldete sich wie bei einem trainierten Kämpfer. Er sondierte die Umgebung, um eine mögliche Flucht in Betracht zu ziehen.

»Nehmen Sie die Hände hoch!«, forderte der Soldat

ihn jetzt sachlich auf. »Sie sind vorläufig festgenommen.«
Sam rechnete sich die Chancen aus, ob ihm eine Flucht
gelingen konnte, aber angesichts dieser bizarren Drohnen
stand es nicht allzu gut darum. Er ließ es widerwillig
bleiben und nahm langsam die Hände hoch. »Ich habe
der Frau nur helfen wollen«. In seiner Stimme schwang
Zorn mit.

»Sie sollten keine falsche Bewegung machen, sonst
eröffne ich das Feuer«, antwortete der Soldat. »Sie tragen
eine Waffe der Stufe 3 mit sich!« Sam kam der Gedanke,
diese auszuprobieren und musste kurz lächeln. *Schöne
neue Welt.* Plötzlich tauchte ein Schatten aus der Gasse
hinter den beiden auf. Die Gestalt zog einen Schocker aus
der Innenseite seines Umhangs und drückte ab. Ein Blitz
zuckte aus der Waffe. Im selben Augenblick kippte der
Soldat bewusstlos zu Boden. Ehe die Drohnen reagieren
konnten, setzte der Fremde diese ebenfalls außer Gefecht.

»Los, komm mit, gleich wimmelt es hier nur so von
diesen fliegenden Mistdingern!« Sam schaute ihn
verwundert an und beschloss, lieber dem Fremden im
Umhang zu folgen, um einer Verhaftung zu entgehen.
Einigen Leuten auf der Straße war der Zwischenfall zwar
nicht entgangen, aber sie reagierten nicht darauf, sondern
setzten ihren Weg lieber schnell fort. Auch die verletzte
Frau nutzte die Gelegenheit, um ohne ein Wort das Weite
zu suchen. Sam und der Fremde rannten in die dunkle
Gasse hinein. Beide drehten sich noch einmal um. Zu
ihrem Bedauern erkannten sie, dass jetzt vier weitere

Drohnen im Anflug waren. »Ich kenne ein sicheres Versteck, mein Freund«. Der Mann rang ein wenig nach Luft. »Gleich haben wir es geschafft.« Als sie an der nächsten Gabelung ankamen, rannte der Fremde nach rechts und blieb abrupt stehen. »Los, hilf mir mal!« Er bückte sich und versuchte, den vor seinen Füßen befindlichen Schachtdeckel anzuheben. Sam half ihm und hob den Deckel mit einer Hand an. Der Fremde staunte nicht schlecht, hatte aber keine Zeit, darauf einzugehen und nahm es erst einmal hin. Beide sprangen hinunter in die Kanalisation. Sam fixierte den Deckel über ihren Köpfen.

»Sei leise, gib keinen Ton von dir.« Der Mann setzte den Zeigefinger an den Mund, um mit der Geste seinen Worten mehr Ausdruck zu verleihen. Der faulige Geruch von Abwasser und Fäkalien stieg Sam in die Nase. Sie standen bis zu den Knöcheln in der Brühe. Er verzog das Gesicht. Sein Geruchssinn reagierte genauso sensibel wie seine Augen beim Erwachen.

»Sie kommen«, sagte der Mann so leise wie möglich. Angestrengt lauschten sie und blickten nach oben. Die vier eiförmigen Drohnen, die sie schon bei ihrer Flucht hatten ausmachen können, zischten über den Schachtdeckel und scannten die Umgebung. Mehrmals drehten sie sich im Kreis, im Stil eines Balletts, wobei die roten Lichter durch die Rillen des Deckels schienen. Beide Männer drückten sich an die Wand und hielten den Atem an. Immer wieder strahlte eine der Drohnen in die

23

Kanalisation. Minuten, die ihnen wie Stunden vorkamen, verstrichen. Endlich hörten sie eine digitale Stimme, die einer Erlösung gleichkam. »Umgebung gesichert – Subjekte nicht geortet – setzen Scan in Richtung Innenstadt fort.« Die Drohnen machten eine letzte Drehung, im nächsten Moment waren sie verschwunden. Erleichtert atmeten beide auf, wobei sie unfreiwillig den Geruch des Abwassers in sich aufsogen. »Wer bist du?«, fragte Sam. »Warum hast du mir vorhin aus der Klemme geholfen?« Nun nahm der Fremde seine Kapuze ab. Er war Anfang vierzig, mit einem Vollbart im Gesicht und einer Narbe unter dem linken Auge. Zusätzlich trug er eine Wollmütze auf dem Kopf. Seine braunen Haare lugten darunter hervor.

»Mein Name ist Mike Davis. Ich habe dir geholfen, weil du der erste Mensch in dieser Stadt seit zehn Jahren bist, der den Mut hatte, sich gegen diese Söldner aufzulehnen.« Er machte eine abfällige Geste nach oben. »Ich verabscheue diese Idioten von der Stadtregierung. Halten sich für stolze Soldaten, sind aber gekaufte Exmilitärs.« Er lachte kurz auf. »Außerdem trägst du eine Waffe bei dir. Die sind hier nicht zu bekommen, nicht innerhalb der Stadt.« Sam schaute ihn ein paar Sekunden an. »Wo genau bin ich hier?« Mike kratzte sich am Hinterkopf, als verstehe er die Frage nicht. »Du kommst nicht aus dieser Gegend, oder?« Er streifte sich nachdenklich den Bart und musterte Sam eindringlich. »Du besitzt eine Waffe und verfügst über die Kraft von zwei Männern, so wie du vorhin den Deckel angehoben hast.« Amüsiert fügte er hinzu: »Interessanter wäre die Frage, wer *du* bist.«

»Keine Ahnung?« Sam zuckte mit den Schultern. »Ich bin heute an einem Ort aufgewacht, der einem Patientenzimmer gleicht. Weder weiß ich, wer ich bin, noch warum ich dort zu mir kam.« Mike legte den Kopf etwas schief. »Die Drohnen konnten dich ebenfalls nicht identifizieren, normalerweise ist jeder Bürger, der in der Stadt lebt, registriert.« Er klopfte Sam auf die Schulter und schaute nochmal kurz nach oben. »Jetzt sollten wir aber verschwinden, es wird nicht lange dauern, bis sie auch hier unten zu suchen anfangen. Ich kenne eine Bar, wo wir untertauchen können.« Mike fing an, in den Taschen seines Umhangs zu wühlen. »Verdammt, wo ist er?«

»Wonach genau suchst du?«, fragte Sam.

»Ich brauche Licht, sonst finden wir nie den Weg, die Kanalisation ist ein Labyrinth.« Nervös fischte der Bärtige weiter herum.

»Der gelbe Leuchtstab muss mir bei der Flucht rausgefallen sein.«

»Ich kann hier unten einigermaßen gut sehen«, sagte Sam. »Das Licht von den Schachtdeckeln ist zwar äußerst spärlich, aber es reicht.« Mike blickte verdutzt auf. »Willst du mich auf den Arm nehmen? Ich sehe nicht mal die nächsten zehn Meter!« Angestrengt stierte er in die Dunkelheit. Sam fing an, durch die dunkle Brühe zu

25

stapfen. Das wenige Licht, das in seine Augen fiel, genügte ihm. »Komm schon, beeil dich. Du hast selber gesagt, sie könnten uns auf kurz oder lang hier unten ausfindig machen.« Mike fand diesen Mann in der braunen Lederjacke mit jeder Sekunde sonderbarer. Aber im Moment musste er darauf vertrauen, dass der Bursche tatsächlich etwas sah. Beide wateten durch das Abwasser. Mike tastete sich vorsichtig an der Wand entlang, die schleimig und feucht war. Sam hingegen schritt fast selbstverständlich geradeaus, wie auf einer Straße am helllichten Tag.

Mike versuchte ihn von hinten zu lotsen. »An der nächsten Abzweigung müssen wir uns links halten!« Als sie dort ankamen, blieb Sam stehen und drehte langsam seinen Kopf. »Gibt es hier unten etwas, dass uns gefährlich werden könnte?« Seine Stimme hatte einen Flüsterton angenommen.

»Nein, hier habe ich mal eine Handvoll Ratten gesehen, aber sonst nichts.«

»Okay, denn ich höre etwas, und das klingt definitiv nicht nach Nagetieren.« Sam ging in die Hocke und horchte nochmal hin. Mike versuchte, irgendein Geräusch wahrzunehmen. »Das wirst du dir nur eingebildet haben«, sagte er mehr zu sich selbst. »Hier unten hört man schon mal Dinge, die gar nicht da sind.« Sam war sich gewiss, dass das Gehörte nicht nur seiner Einbildung entstammte. Denn das, was die Geräusche verursachte, bewegte sich auf direktem Wege in ihre

Richtung. Er erinnerte sich an die Pistole, die er bei sich trug. Langsam zog er sie heraus und presste sich gegen die Wand. »Etwas kommt genau auf uns zu!« Mike, fast blind in der Dunkelheit, schluckte kurz und sein Herz schlug schneller.

»Verdammter Mist, vielleicht sind sie uns doch auf den Fersen.« Sam blickte rasch um die Ecke. »Ich konnte zwei rote Augen ausmachen.« Mike umklammerte seine Waffe, ging einen Schritt zurück und lehnte sich schutzsuchend mit dem Rücken an die Wand der Kanalisation. »Eine Idee, womit wir es zu tun haben könnten?«, fragte Sam, ohne dabei den Bärtigen anzuschauen.

»Nein, nicht wirklich«, erwiderte Mike und legte einen Finger an den Abzug seines Schockers. Nun vernahm auch er ein Plätschern und Knarzen. Es wurde lauter, je näher es kam. Es hatte etwas Mechanisches an sich. Sam sah nochmal um die Ecke, um ein vermeintliches Ziel auszumachen. »Jetzt sind es vier Augen, jeweils ein Paar.« Er wollte nicht abwarten, was passieren würde, und sprang aus seiner Deckung hervor. Mike fand das zwar riskant, aber er versuchte, es ihm gleichzutun. Sam kniete in der Brühe, schloss seine Hände um die Pistole und zielte auf das linke Augenpaar. Als es näherkam, konnten beide erkennen, worum es sich handelte. Auf den ersten Blick waren es zwei silberne, grotesk wirkende Wölfe, aber sie waren vollkommen mechanischer Natur. Sie besaßen kein Fell, dafür eine Haut aus purem Chrom. In den Augenhöhlen strahlten rote Lichter und statt Pfoten hatten sie messerscharfe Klauen.

»Du meine Güte!« Mikes Hände begannen zu zittern. »Der Machthaber der Stadt meint es verdammt ernst mit uns Rebellen.« Er biss sich auf die Unterlippe. Sam registrierte seine Worte nicht, stattdessen feuerte er auf einen der Wölfe. Eine helle, azurblaue Patrone schoss davon und traf exakt ins Schwarze. Genau zwischen die Augen des roboterähnlichen Tieres. Dieses fiel zu Boden, im Kopf klaffte ein Loch. Es rührte sich nicht mehr, die Lichter erloschen kurz darauf. Mike traf das andere Biest, das ihn fixierte, aber sein Schocker zeigte keinerlei Wirkung. Der Wolf setzte zum Sprung an. Seine Hinterbeine beugten sich, man konnte erneut das Knarzen vernehmen. Im nächsten Augenblick riss das Tier ihn von den Füßen. »Gottverda...!«, brüllte er und kämpfte mit all seinen Kräften gegen die Bestie an. Sie biss mit voller Wucht in seinen linken Arm. Mike schrie vor Schmerz auf. Die Klauen des Wolfes bohrten sich zeitgleich in das weiche Fleisch seines Körpers. Sam drehte sich zur Seite, machte dabei eine Rolle und feuerte dem Tier von hinten in den Schädel. Metallsplitter und Funken prasselten auf Mike hinab. Da, wo vorher das Gesicht des Wolfes war, waren nun nur noch verschmorte Kabel und glühendes Metall zu erkennen. Mike versuchte mit dem anderen Arm, das Tier von sich runterzudrehen. Sam steckte seine Pistole weg und kam ihm zur Hilfe.

»Mich hat es übel erwischt, stimmt's?« Blut quoll aus seinem Mund hervor.

Sam versuchte ihn zu beruhigen. »Es ist halb so wild. Hast du ein Messer bei dir?« Mike, benommen vor Schmerzen, deutete auf seinen rechten Fuß. Sam fand es seitlich in einer Scheide am Stiefel angebracht. Mithilfe der Stücke aus Mikes Umhang legte er ihm einen Druckverband am Arm an und verband seinen Bauch notdürftig. Mike nahm einen dicken Stofffetzen davon in den Mund, um sich nicht vor Schmerzen selbst die Lippen aufzubeißen. Sam war von sich selbst überrascht, dass er genau wusste, was in solchen Situationen zu tun war. Erst das Gefecht mit dem Wolfsroboter, und nun das Verbinden des Verletzten. Gerade als er Mike auf die Beine helfen wollte, wies dieser ihn an, das Tier genauer zu inspizieren. »Sieh nach, ob sich an dem Roboter ein Symbol befindet, es müsste aussehen wie ein Dreieck.« Sam ließ von dem Verwundeten ab und nahm den Wolf genauer unter die Lupe. Tatsächlich, als er über den Körper der Bestie strich, um das braune Wasser wegzuwischen, kam ein kleines Symbol zum Vorschein. Es waren drei Linien, die zusammen ein Dreieck bildeten, sich aber nicht berührten. Ein winziges Schwert in der Mitte vervollständigte das Zeichen. »Ich glaube, ich habe es gefunden, du hattest recht.« Mike drehte den Kopf, um Sam ansehen zu können. »Wir müssen unbedingt diesen Wolf mitnehmen, damit meine Freunde ihn genauer untersuchen können.« Neugierig hakte Sam nach. »Wer sind denn deine *Freunde*?« Mike hustete Blut bevor er antwortete. »Wir gelten als Gesetzlose, wir selber sehen uns als Widerstandskämpfer, die unbemerkt außerhalb der Stadt leben. Ein gewisser Mann namens Leo Adamo unterdrückt die Bürger schon seit langem. Es geht das Gerücht um, das er den Stadtrat einer Gehirnwäsche unterzogen hat, um an die Macht zu kommen.« Er zeigte mit dem Finger auf den Wolf. »Er probiert alles, um uns zu erwischen, da wir seit Jahren versuchen ihm das Handwerk zu legen.« Dann fügte er hinzu, »Aber diese mechanischen Tiere beweisen mir, dass wir nichts mehr gegen ihn ausrichten werden. Dem fallen immer radikalere Methoden ein.« Sam zog seine Lederjacke aus, band sie um den Wolf und hob ihn auf. Das Gewicht des schweren Körpers strengte ihn nicht sonderlich an.

»In der Bar gibt es jemanden, der mich medizinisch versorgen kann«, sagte Mike. Das Sprechen viel ihm immer schwerer.

»Ausgezeichnet, wir bringen dich dorthin, und nachdem du zusammengeflickt wurdest, erzählst du mir alles, was es über diese Stadt zu berichten gibt. Ich brauche endlich ein paar Antworten.« Sam half ihm hoch und Mike stützte sich an ihm ab, und beide schritten langsam weiter durch die Kanalisation. Nach einiger Zeit kamen sie an ein großes Eisengitter, das schon so viel Rost angesetzt hatte, dass man es vermutlich leicht durchbrechen konnte. Mike deutete mit einer Hand nach oben, um zu signalisieren, dass sie angekommen waren. Er war schon zu erschöpft, um ein Wort zu sagen. Über ihnen war eine Luke mit einer Leiter angebracht worden, um von der Straße aus in die Kanalisation einzusteigen. Sam lehnte seinen Mitstreiter an die Wand und legte den Wolf ab. »Gleich haben wir es, halte durch.« Halb im Delirium brachte Mike noch einen letzten Satz hervor. »Die Bar heißt *Old Barrel*, erkundige dich nach einem gewissen Bruce Walker.« Dann verlor er das Bewusstsein und fiel zur Seite.

3

Sam verstand, dass er sich jetzt beeilen musste. Er stieg die Leiter hinauf und öffnete die Luke, um auf die Straße zu kommen. Mike brauchte unbedingt ärztliche Hilfe. Oben war es schon beinahe Nacht geworden. Hier und da waren zwar ein paar Leute unterwegs, aber in der Gasse selbst war niemand. *Gut, die Luft scheint rein zu sein*, mutmaßte er und kletterte wieder nach unten. Er packte sich den silbernen Wolf, warf ihn durch die Luke und schritt zu Davis. »Los, wach auf!«, raunte er und schüttelte ihn kräftig am Oberkörper, aber sein Freund war vollkommen weggetreten. Sam nahm seine Arme, legte ihn sich über die Schultern und erklomm die Leiter. Oben in der Gasse schnappte er sich das Tier und suchte nach der Bar. Die Sonne war noch nicht völlig untergegangen, was Sam dabei half, die Orientierung nicht zu verlieren. Er eilte im letzten Tageslicht mit den zwei *Gewichten* durch die schmale Straße. Geschätzt siebzig Meter weiter konnte er ein Gebäude ausmachen, aus dem laute Musik drang. An der Hintertür stand ein großer Typ, breite Schultern und grimmiger Blick. Er trug einen braunen Mantel und hatte eine Sonnenbrille auf, obwohl es mittlerweile fast schon dunkel war. Sein langes Haar hatte er zu einem Pferdeschwanz gebunden. Sein kantiges Gesicht und sein Bart taten ihr Übriges, dass man solchen Leuten schon beim Anblick eher aus dem

Weg gehen würde. Als Sam ankam, war der Mann etwas verblüfft. »Was willst du hier?!« Sam aber, der etwa die gleiche Statur hatte, war völlig unbeeindruckt. »Ich brauche einen Arzt«, sagte er im eiligen Ton. »Und zwar schnell, mein Kumpel hier ist verwundet, er verliert eine Menge Blut.« Die provisorischen Bandagen waren schon durchtränkt.

»Verschwinde, das ist eine Bar, kein Krankenhaus«, maulte der Kerl. *Das muss einfach dieses Old Barrel sein, von dem Mike gesprochen hat.* »Gibt es hier jemanden namens Bruce Walker?«

»Los, zieh Leine, bevor ich Kleinholz aus dir mache«, sagte der Kerl jetzt mit lauter Stimme. Scheinbar war ihm der Verletzte völlig gleichgültig. Sam wollte ihm schon eine Lektion in Sachen Freundlichkeit gegenüber Mitbürgern erteilen, aber Aufsehen zu erregen wäre in dem Moment eher kontraproduktiv gewesen. »Pass auf, du Neandertaler«, fing Sam seinen Satz an. »Entweder du lässt mich in diese Bar und holst Bruce, wenn es jemanden mit dem Namen dort gibt, oder ich lasse mein Haustier da.« Sam zeigte ihm den mechanischen Wolf, aber so, dass er den zerschossenen Kopf nicht sah.

»Was um alles in der Welt …!« Der Türsteher machte große Augen.

»Ich kann meinen mechanischen Begleiter jederzeit von der Leine lassen, wenn du es darauf anlegen willst.« Sam lächelte herausfordernd. Der Kerl nahm die Sonnenbrille ab, strich sich über das Kinn und verlor seine Gelassenheit. Er schaute abwechselnd zu Sam und dem Roboter. »Ich werde mich erkundigen, normalerweise darf keiner durch die Hintertür rein.«

»Normalerweise trage ich keine halbtoten Leute auf meinen Schultern«, gab Sam zurück. Mit dieser Feststellung fand sich der Hüne ab und verschwand in der Tür. Einige Minuten später kam ein anderer Mann heraus. Er war afroamerikanisch, hatte kurzes, schwarzes Haar, dazu einen Stoppelbart im Gesicht. Ende zwanzig, schätzte Sam. Der Schwarze stellte sich mit dem Namen Bruce Walker vor und wollte zu einem weiteren Kommentar ansetzen, als er Mike erkannte. »Was zum Teufel hast du mit ihm angestellt?« Bevor Sam antworten konnte, eilte der Mann zu dem Verletzten. Er begutachtete ihn und sagte dann: »Wir müssen Mike sofort behandeln, sonst schafft er es nicht.« Ohne ein weiteres Wort öffnete er die Tür und bat Sam mit einer raschen Geste hinein. Beide liefen einen schmalen Korridor entlang, an dessen Wänden gelbe Neonlichter angebracht waren. In der Luft hing ein Geruch aus Motoröl und Alkohol. Bruce bog in den ersten Raum rechts von ihnen. Sam folgte ihm und konnte einen Blick in das Zimmer werfen. Es war eine Mischung aus Werkstatt, Labor und Operationssaal. An der Wand gegenüber hingen mehrere Werkzeuge, Schraubenschlüssel, Zangen und chirurgische Instrumente. Links stand eine Werkbank mit allerlei technischen Gerätschaften. Lose Kabel, Schrauben und

35

Elektronik waren darauf zu finden. In der Mitte des Raumes befand sich ein breiter, schwarzer Tisch mit einer Glasplatte, die von innen heraus leuchtete. Darüber hingen drei große Lichter, die mittels ihrer Arme schwenkbar waren. Auf der Platte lag ein kleiner Koffer, der mit einem roten Kreuz gekennzeichnet war. Außerdem konnte Sam in einer Ecke einen Laborkühlschrank mit Sichtfenster erkennen, in dem gelbe Ampullen standen. Bruce zog sich Nitril Handschuhe an. »Wie heißt du eigentlich?«

»Ich bin Sam, Mike kam mir zu Hilfe, als ein Soldat mich verhaften wollte. Bei der Flucht hat es ihn erwischt.« Bruce verzog den Mund. »Mal wieder typisch«, dann wies er Sam an: »Los leg ihn auf den Tisch, damit ich ihn versorgen kann.« Während Sam den mechanischen Wolf absetzte und Mike vorsichtig auf die Glasplatte legte, fragte er: »Was ist das hier alles?« Bruce lief zum Kühlschrank und holte die gelben Ampullen heraus. »Hier treffen wir uns, wenn wir Ausrüstung brauchen oder, wie in seinem Fall, umgehend ärztliche Hilfe benötigen. Manchmal reicht die Zeit nicht, um aus der Stadt zu kommen.«

Sam zählte eins und eins zusammen. »Mit *wir* meinst du sicher die Widerständler.« Bruce nickte, nahm eine Ampulle und öffnete den kleinen Koffer mit dem Kreuz. Er zog eine Pistole hervor, in die er den gelben Glasbehälter steckte, wie eine Kugel in einen Lauf. »Ich werde Mike einen Cocktail aus Adrenalin und

Schmerzmittel verabreichen, damit er uns nicht schon vor der Operation krepiert. Eine Vollnarkose wäre zu riskant.« Anscheinend handelte es sich um ein Injektionsgerät. Bruce setzte es an den rechten Arm von Mike und drückte ab. Man konnte sehen, wie die Mechanik die Ampulle nach vorne durch den Lauf schob. Dabei erklang ein leises Zischen. Keine fünf Sekunden später riss der Bärtige die Augen auf. »Aah, heilige Schei… !«, schrie er, und sein ganzer Körper spannte sich dermaßen an, dass man jede Ader erkannte. Bruce lachte lauthals und klopfte ihm hart auf die Brust. »Verdammt gutes Zeug. Willkommen unter den Lebenden!« Mike wirkte orientierungslos und wurde ein wenig panisch. »Ganz ruhig, mein Freund, bald bist du wieder auf den Beinen.« Bruce wischte über die Glasplatte. Am Ende des Tisches fuhr eine Kugel nach oben, die an einen Augapfel erinnerte. Ein violetter Laser begann den Verwundeten abzutasten. Einige Sekunden später erschien über ihm ein Hologramm, das ein genaues Abbild von seinem Körper darstellte. In der Glasplatte wurden rote Tasten sichtbar. Es ertönte eine computergenerierte Stimme an der Seite des Tisches. »Mittelstarke Verletzung am linken Antebrachium ausgemacht. Elle und Speiche sind angebrochen, Gewebe- und Muskelfasern sind beschädigt.« Dann wurde das Hologramm größer, um den Bauchbereich sichtbar zu machen. »Bauchdecke wurde massiv verletzt. Zwei Rippen des linken Rippenbogens sind gebrochen. Organe weisen

Schnittwunden auf, innere Blutungen im riskanten Bereich.« Bruce tippte schnell eine Kombination auf der Platte ein. »Notfalloperation wird eingeleitet«, erklang es aus dem Tisch. Jetzt kamen zwischen den oberen Lichtern zwei Roboterarme aus der Decke gefahren. Die Lampen schwenkten wie von Geisterhand an die Körperstellen, die verletzt waren. Der eine Arm besaß eine Greifhand mit sechs Fingern, aus dessen Handfläche eine metallene Spitze ausfuhr. Der andere Arm hatte vier kleine Düsen, dahinter waren Glasbehälter mit dickflüssigem Material integriert. Gespannt verfolgte Sam das Geschehen. Bruce hingegen setzte sich auf einen Stuhl und lehnte sich bequem zurück. »Mike war schon schlimmer verletzt, das ist wie 'ne Schnittwunde am kleinen Finger für ihn.«

»Wie seid ihr an so eine Technik gekommen?«, wollte Sam wissen.

»Na ja, hier in der Metropole *New Hope*, bevor sie in *New Traiana* umbenannt wurde, gab es viele Wissenschaftler. Den Fortschritt hatten wir den Leuten im Stadtrat zu verdanken, die die Forschungen unterstützt hatten«, antwortete Bruce. »Als sie noch das Sagen hatten, hatte sich vieles im Bereich der Technik sprunghaft weiterentwickelt.« Sam nickte. »Und ihr habt euch die Technik später dann von Adamos Leuten *ausgeliehen*, da er euch so gerne hat.« Bruce machte ein vergnügtes Gesicht. »So sieht's mal aus.« Sam wandte sich wieder Mike zu. Dieser lag nervös auf dem Tisch, durch das Adrenalin hellwach. Ein Arm näherte sich der

Bauchdecke, die Greifhand entfernte den provisorischen Verband, den Sam angelegt hatte. Ein kleines Ventil an der Hand besprühte das Areal mit einer rostfarbenen nebelhaften Substanz. Anschließend stach eine Nadel aus einem der Finger in die Nähe der Wunde.

»Örtliche Betäubung abgeschlossen, beginn der Laparotomie und Rekonstruktion«, sagte die Stimme. Aus der Metallspitze in der Handfläche kam ein roter Laser, der langsam die Gewebeschicht weiter öffnete. Mike verdrehte die Augen, ließ es aber tapfer über sich ergehen. Ein dünner Schlauch, der neben dem Arm montiert war, saugte das Blut ab, das hervorquoll. Die Finger an der Hand spreizten langsam die Bauchdecke auf. Sie dienten zusätzlich als Retraktoren, besser bekannt als Wundhaken, um das Operationsfeld weit genug offen zu halten. Nun senkte sich der andere Arm mit den Glasbehältern hinab. Er zielte direkt in die Wunde. Die vier Düsen drangen in den Bauchraum ein. »Gewebe wird rekonstruiert«, hörte Sam. Ein merkwürdiges Summen erfüllte den Raum, man konnte sehen, wie abwechselnd aus den Behältern die zähe Materie floss. Bruce stand auf und ging an den Tisch heran. »Sieht nicht übel aus, jetzt kommen die Rippen dran.« Sam trat neben ihn, um den Vorgang besser zu sehen. Aus den Injektoren ragten winzige metallene Finger heraus, die erst in der Bauchhöhle ausgefahren worden waren. Diese verarbeiteten die Masse aus den Düsen an den Stellen, die beschädigt waren. Das geschah mit einer so rasanten

Geschwindigkeit, dass das menschliche Auge die einzelnen Bewegungen nicht ausmachen konnte.

»Rekonstruktion beendet, Wundbereich wird geschlossen, um mit der Behandlung am linken Antebrachium fortzufahren.« Der eine Arm hob sich nach oben, der andere schloss behutsam die Stelle. Aus zwei Fingern schossen Klammern, um die Wundränder zusammenzufügen. Der Laser erhitzte sie, damit sie mit dem Bauchgewebe verschmolzen. Bruce drehte sich zu Sam um. »Die Behandlung des Unterarms wird dagegen ein Klacks.« Sein Blick wanderte zu dem Wolfsroboter. »Was ist das dort drüben für ein komischer Hund, mit dem du vorhin Billy erschreckt hast.«

»Allem Anschein nach neue Spielzeuge von diesem Leo Adamo. Sie tragen jedenfalls das Symbol«, entgegnete Sam. Bruce sah nochmal zu Mike und sagte: »Ich schicke dir Beth rein, hoffentlich ist sie schon zurück, sie wird sich um die Bluttransfusion kümmern.« Er zwinkerte, gab etwas an der Glasplatte ein, um der Frau die Informationen zu senden, und packte Sam am Arm. »Ich will mir mal deinen Hund genauer ansehen.« Beide begaben sich zu dem Roboter, der am Boden lag. »Was für ein hässliches Tier«, sagte Bruce verächtlich. »Auf der Werkbank kann ich es auseinandernehmen, dann sehen wir, was genau Adamos Leute entwickelt haben.« Sam griff nach dem Wolf und legte ihn auf die Bank nieder. Seine braune Lederjacke warf er über einen Stuhl daneben. Bruce schaltete eine Lampe über dem

Arbeitsplatz ein. Das Chrom blitzte im Licht. Das Tier warf einen großen Schatten an die Wand. Die Klauen waren noch voller Blut. Obwohl der Wolf nicht mehr *lebendig* werden konnte, wirkte er dennoch furchteinflößend. Das Symbol war deutlich zu sehen. Sam tastete die silberne Haut des Tieres ab. »So einfach wirst du nicht ins Innere kommen, die Oberfläche scheint extrem widerstandsfähig zu sein.« Bruce öffnete eine Schublade an der Werkbank und holte einen kleinen Schneidbrenner hervor. »Dieses Gerät hier hat schon jede Hülle geknackt, ist eine Spezialanfertigung von mir.« Er grinste. »Dann mal los, bin gespannt was uns erwartet.« Er holte zwei Schutzbrillen aus dem Schubfach, gab eine davon Sam und setzte sich die andere auf. Die Brillen hatten runde, schwarze Gläser, die Seiten waren abgedeckt. Der Brenner entfachte eine blaurötliche Flamme, nachdem Bruce ihn aufgedreht hatte. »Meistens liegt der Speicher unter der Glyphe der Maschinen, nach meiner Erfahrung«, teilte er Sam mit. Langsam schnitt das Gerät in die metallene Haut. Funken flogen, und das Chrom fing an zu glühen, als Bruce einen weitläufigen Kreis um das Symbol zeichnete. »Wenn du willst, Sam, kannst du mir zur Hand gehen und schon mal am Kopf weiterarbeiten.« Dabei reichte er ihm einen weiteren Brenner, den er im Fach liegen hatte. Beide waren jetzt damit beschäftigt, den Wolf zu zerlegen. Während Bruce mit einem Handschuh vorsichtig das Stück herauszog, das er gelöst hatte, öffnete Sam den Schädel. Entzückt hielt Bruce das entfernte Teil gegen die Beleuchtung und steckte den Brenner in seinen Werkzeuggürtel. »Treffer!« Im weißen Licht erkannte man deutlich an der Unterseite einen blauen Chip. Lange, dünne Kabel hingen lose nach unten. »Hier kann ich ihn nicht auslesen, dafür fehlt mir das Equipment, aber in unserem Hauptquartier müsste es funktionieren.« Bruce seufzte schwer. »Eve wird mich vermutlich umbringen, wenn ich dort auftauche.« Sam hatte die Schädeldecke abgenommen, das rotglühende Metall gab kleine Rauchschwaden von sich, die in der Luft ausfransten.

»Wer ist Eve?«, wollte Sam wissen. Dabei kam ihm der Satz auf dem Zettel in seiner Jackentasche wieder in den Sinn. *Er ist der Schlüssel, Eve.*

»Diese Lady, mein Freund, ist pures Dynamit. Sie ist die Anführerin unserer kleinen Truppe.« Bruce kratzte sich am Kinn. »Man sollte sich nicht mit ihr anlegen.« Sam ignorierte den letzten Satz. »Du musst sie mir bei Gelegenheit vorstellen«, gab er fordernd zurück. Bruce rollte mit den Augen und winkte ab. »Vermutlich wirst du es bereuen.« Nun wendeten sie sich wieder dem Kopf des Wolfes zu. Das *Gehirn* des Roboters bestand stellenweise aus winzigen elektronischen Bauteilen und Kabeln, die in einer seltsamen durchsichtigen Masse schwammen. Die Kugel aus Sams Waffe hatte es glücklicherweise nur zum Teil beschädigt. Hier und da zuckte die gallertartige Substanz und gelbliche Blitze durchfuhren sie. Bei diesem Anblick lief Bruce ein

Schauer über den Rücken. Sam hingegen beugte sich neugierig weiter vor und stocherte mit dem Finger in der Materie. »So etwas habe ich vorher bei keinem der Roboter gesehen, die Adamos Leute auf die Straßen schickt«, entfuhr es Bruce. »Das muss in unserem Hauptquartier genau untersucht werden.« In dem Moment betrat Beth den Raum. Sie war zierlich, asiatischer Herkunft und hatte schwarzes Haar, das ihr bis zu den Schultern reichte. Sam schätzte sie auf Mitte zwanzig. Die Frau trug einen weißen Kittel, in der Hand hielt sie ein Display. »Guten Tag, meine Herren, ich soll hier einen Patienten behandeln?«, fragte sie überspitzt, dabei richtete sie ihre Brille zurecht.

»Exakt Beth, Mike hat es mal wieder schwer erwischt.« Bruce zeigte auf den Tisch, auf dem dieser nun ruhig atmete. Die mechanischen Arme waren fertig mit der Behandlung, hoben sich an die Decke und verschwanden darin. »Übrigens, das hier ist Sam, er hat ihn hergebracht.« Die Frau sah ihn kurz an. »Mein Name ist Elisabeth, ich bin die medizinische Assistentin, wenn es um Verletzungen und ärztliche Versorgung geht.« Sie strich sich eine Haarsträhne aus dem Gesicht, »bei uns Rebellen kommt so etwas häufiger vor. Mike benötigt jedenfalls umgehend eine Bluttransfusion, sonst macht er es nicht mehr lange.« Sie ging schnurstracks zum Laborkühlschrank, legte das Display zur Seite und desinfizierte ihre Hände an einem Spender, der auf dem Schrank stand. Dann streifte sie sich zwei dünne

Einweghandschuhe über und öffnete die Tür. Dort holte sie aus dem untersten Fach eine Blutkonserve hervor. Anschließend lief sie zum Tisch, auf dem Mike lag. »Die Maschine hat wie immer exzellente Arbeit geleistet. Gut, dass wir sie Adamos Leuten abluchsen konnten«, sagte Beth, während sie die versorgten Stellen inspizierte. »Wie geht es dir?« Liebevoll legte sie ihre Hand auf Mikes Stirn.

»Ich fühle mich wie neugeboren, Doc.« Sie grinste, da sie seinen Humor in solchen Situationen kannte. »Ich werde jetzt mit der Bluttransfusion beginnen, und danach gebe ich dir ein starkes Beruhigungsmittel, damit du die Nacht durchschläfst. Morgen sollte alles ausgeheilt sein.« Bruce gab Sam einen leichten Hieb mit dem Ellenbogen. »Lassen wir sie ihre Arbeit machen.« Er bückte sich und griff unter die Werkbank. Zum Vorschein kam ein weißer Behälter mit zwei Bügeln an den Seiten, dazu ein digitales Kombinationsschloss. »Hier kann ich das *Gehirn* und den Chip des Tieres aufbewahren, ohne dass sie zusätzlichen Schaden nehmen.« Sorgfältig legte Bruce die Einzelteile in die Box. Dabei konnte er sich eine Bemerkung nicht verkneifen: »Hey Beth, möchtest du den Hund sehen, den Sam mitgebracht hat?« Sie hatte den mechanischen Wolf beim Reinkommen zwar bemerkt, hatte sich aber zunächst um den Patienten kümmern wollen. »Haut endlich ab, ich muss mich konzentrieren«, blaffte sie die beiden an. Bruce lächelte. »Es ist äußerst wichtig, dass wir die Waffen unseres Gegners kennen,

Beth«, sagte er in übermäßig belehrendem Tonfall, dann schloss er den Behälter und spazierte zur Tür. »Na los, komm, Sam, wir trinken in der Bar einen Schluck, und dann erzählst du mir, wer du bist und was sich heute zugetragen hat.« Dann fügte er hinzu: »Vielleicht können wir dir helfen oder müssen dich töten, je nachdem, was du mir berichtest.« Beth schaute kurz auf. »Lass dich von dem nicht einschüchtern, der ist harmlos!« Sam schnappte sich die Lederjacke von der Stuhllehne, streifte sie sich über und antwortete: »Keine Angst, er hat mich noch nicht in Aktion gesehen, sonst würde er sich solche Kommentare verkneifen.«

4

Die beiden verließen den Raum und gingen in Richtung Bar. Dafür mussten sie eine kleine Wendeltreppe hochsteigen. Der Geruch von Alkohol wurde intensiver, Sam nahm Stimmen und Musik wahr. Oben angekommen schritt Bruce durch eine gläserne Tür, die sich selbstständig öffnete, sobald er in ihre Nähe kam. Auch Sam ging hindurch und konnte sich ein Bild von der Bar machen. Der Innenraum war groß und in grünes Neonlicht getaucht. Es gab separate Sitznischen und zusätzlich Stehtische aus Metall, in denen weiße Kugeln leuchteten. Die Theke bildete ein Quadrat in der Mitte des Raumes. Dort standen drei Barkeeper, die den Leuten merkwürdige kobaltblaue Flüssigkeiten in zylindrischen Gläsern servierten. Es schien eine Menge los zu sein, fast jeder Tisch war besetzt, genau wie ringsum die Theke. Die Musik kam von einer Band, die schwarze Anzüge mit roten Neonstreifen trug. Grüngelbe Lichter strahlten von der Decke, und es wurde sich lautstark unterhalten. Etwas abseits standen paarweise vier riesige Glaskäfige, in denen sich frauenähnliche Roboter zur Musik bewegten. Überall schlängelte sich Grünzeug die Wände entlang. Ein paar Männer spielten eine Dart-Simulation. Dabei wurde abwechselnd mit einem holografischen Pfeil geworfen. Ihre Frauen feuerten sie lachend an. Der Boden bestand aus Eisenplatten, die in gewissen Abständen von

Metallgittern unterbrochen wurden. Die ganze Szenerie schrie nur so nach Cyberpunk. Bruce deutete auf eine Nische am Ende des Raumes. In diesem Abteil nahmen sie Platz. Sam blickte sich weiter um. Manche der Gäste hatten sie bemerkt. Die beiden wurden misstrauisch beäugt. »Die spüren gleich, wenn jemand fremd ist. Dazu so ein Koloss wie du«, feixte Bruce. Es dauerte nicht lange, bis eine kleine, schwarze Kugel an den Tisch geflogen kam, nachdem Bruce mit der Hand gewinkt hatte. Ein Laserstrahl tastete die beiden ab. »Was darf den zwei Herren serviert werden?«, erklang es aus der Kugel. Dabei schoss in ihr ein rotes Licht von links nach rechts.

»Heute nehmen wir nur etwas zu trinken, gib uns zweimal *Dark Blue*«, räusperte sich Bruce. Die Drohne piepste kurz, daraufhin stiegen aus dem Tisch zwei Gläser empor. Von oben krümmte sich ein Schlauch wie eine Schlange nach unten, die ihre Beute ausgemacht hatte. Doch statt einem Maul war an deren Ende eine schmale Zapfpistole. Der blaue Drink wurde abwechselnd bis zur Hälfte in die Trinkgefäße gefüllt.

»Darf es noch etwas sein, meine Herren«, fiepte die Kugel. Dabei hüpfte sie leicht auf und ab. Sam fand das äußerst unterhaltsam. »Das wäre vorerst alles«, sprach Bruce deutlich, damit die Drohne ihn verstand. Er kannte die Prozedur nur allzu gut, da die Bar gewissermaßen sein Zuhause war. Seine Finger griffen nach einer goldenen Karte in seiner Hosentasche. Diese legte er auf den Tisch. Ein weißes Licht umrandete sie, und aus der

Drohne ertönte: »Sieben Coins wurden ihrem Guthaben abgezogen.« Danach eilte die schwarze Kugel zum nächsten Tisch. Bruce nahm einen Schluck, wischte sich den Mund und setzte das Glas ab. »Probier das Zeug, ist gar nicht übel. Nach dem vierten Drink schmeckt es sogar.« Sam hob sein Gefäß an, wobei er die blaue Wolke musterte, die sich drehte und sich nicht mit dem Rest mischte. »Was ist da drin?«, wollte er wissen. »Rum oder Wodka mit genetisch gezüchteten Blaubeeren. Aber so genau weiß das niemand.« Bruce winkte ab. »Im Grunde spielt es für die Menschen keine Rolle, solange Alkohol drin ist, war schon immer so.« Sam nahm einen kräftigen Schluck, er spürte, wie der Fusel seine Speiseröhre erwärmte und auf seiner Zunge einen metallischen Geschmack hinterließ. »Ich glaube, auch nach dem zwanzigsten Drink werde ich es hassen.« Was Bruce genau wie Sam nicht wusste, war, dass dessen Geschmacksnerven ausgeprägter waren und dadurch sensibel reagierten. »Wer genau bist du?« Bruce kam ohne Umschweife auf den Punkt. Sam schaute von seinem Glas auf.

»Am besten, ich fange am Anfang an. Ich bin heute in einer Art unterirdischem Patientenzimmer aufgewacht. Weder kenne ich meinen tatsächlichen Namen noch Details zu meiner Person. Seit ich meine Augen geöffnet habe, versuche ich mich zu erinnern.« Bruce wirkte zwar skeptisch, aber schien den Worten zu glauben.

»Das ist nicht sehr viel«, gab er zu bedenken.

»Ich habe nur gemerkt, dass ich äußerst stark bin, und einige meiner Sinne ausgeprägter sind als die von anderen Menschen«, fuhr Sam fort.

»Okay, und hast du sonst irgendwelche Anhaltspunkte gefunden?«, fragte Bruce. Sam legte seine Waffe auf den Tisch, griff in die Jacke und holte die Glasscheibe und die Notiz hervor. »In dem Zimmer, in dem ich zu mir kam, gab es nur diese Klamotten«, dabei deutete er auf seine Sachen, »und diese zwei Dinge.« Bruce nahm sich augenblicklich die Scheibe, drehte sie mehrmals und wog das Stück in der Hand. »Weißt du, was das ist?«, fragte er rhetorisch. »Das ist ein veraltetes Speichermedium. So etwas hat man früher benutzt, um holografische Nachrichten aufzuzeichnen.« Sam wurde hellhörig. »Können wir es irgendwo abspielen?«, hakte er nach.

»Mmh, das einzige Gerät, das vermutlich noch existiert, liegt im Stadtarchiv und setzt Staub an. Adamo und die Mitglieder des Stadtrats halten diese Arten von Technik unter Verschluss und verweigern jedem Bürger den Zutritt ins Archiv. Dadurch haben nur sie Zugang zu dem Wissensschatz der letzten hundert Jahre. Wissen ist Macht, vor allem seit der Seuche«, erläuterte Bruce. »Leider hat die Scheibe einen kleinen Riss, könnte gut sein, dass wir nur einen Teil sehen werden, falls wir schaffen würden sie abzuspielen«, fügte er kritisch an.

»Einen Versuch ist es mir wert, vielleicht erhalte ich so eine Antwort«, sagte Sam. In seinen Augen lag ein

Funken Hoffnung. Bruce legte seinen Kopf in den Nacken. »So einfach ist das nicht, das Archiv wird strenger bewacht als eine Bank.« Er stöhnte lustlos. Daraufhin gab Sam ihm den Zettel mit der Notiz. »Vielleicht überzeugt dich das hier mehr!« Bruce faltete den kleinen Zettel auseinander und las die Worte: *Er ist der Schlüssel, Eve.* »Verdammt, was soll das bedeuten?« Sam versuchte ihn für das Vorhaben zu gewinnen. »Wenn wir die Scheibe abspielen, erhalten wir beide möglicherweise ein paar Antworten.« Seine Hand spielte mit der Pistole auf dem Tisch. »Ich gehe jedenfalls rein, mit oder ohne dich«, er blickte seinen Gegenüber durchdringend an. Dieser wusste, das war kein Scherz. Der Typ ohne Erinnerung meinte es ernst. »Immer langsam, einen Fuß vor den anderen«, beschwichtigte er Sam. Beide tranken von ihren Gläsern. »Zunächst solltest du die Spielregeln der Stadt kennen.« Dann fing Bruce an, ihn aufzuklären. »Uns ging es eigentlich sehr gut, aber vor ungefähr zwölf Jahren änderte sich alles für die Leute hier. Leo Adamo, ein weißhaariger Mann, tauchte wie aus dem Nichts auf und übernahm binnen zwei Jahren die Kontrolle über die Stadt, die jetzt *New Traiana* heißt. Er unterdrückt jegliches Aufbegehren, Leute, die ihrem Ärger Luft machen, werden entweder von seiner Söldnertruppe zum Schweigen gebracht oder einer Art Gehirnwäsche unterzogen. Zudem hat er es irgendwie geschafft, den Stadtrat zu kontrollieren.« Bruce zuckte mit den Schultern, dann fuhr er fort: »Eve und die anderen Widerständler kämpfen schon lange einen aussichtslosen Kampf, und sind nicht einen Schritt weitergekommen.« Im Augenwinkel sah Bruce, zu seiner Überraschung, Beth und Mike auf sie zukommen. Beth im Eilschritt. Er kniff die Augen zusammen. »Was wollen die beiden hier, Mike ist doch eben erst operiert worden und braucht Ruhe?« Beth setzte sich aufgeregt neben Sam. Mike brauchte länger, er war neben der Spur und wankte etwas. »Wir haben Probleme! Ich habe über mein Display ein Alarmsignal bekommen, vier Roboter von Adamos Militäreinheit stehen draußen vor dem Haupteingang, sie werden jeden Moment reinkommen.« Sie rang nach Atem. Die Augen von Bruce wurden größer. »Hast du alles abgeriegelt, bevor ihr nach oben seid?« Seine Worte überschlugen sich.

»Ich kenne die Vorgehensweise, Daten sichern und Raum verriegeln.« Dabei tippte Beth sich mit dem Zeigefinger an die Schläfe. »Unser Patient hier verweigerte das Beruhigungsmittel und wollte mitkommen, obwohl er nicht fit ist.« Mike ließ sich neben Bruce fallen. »Ich werde sicher kein Nickerchen machen, wenn draußen diese mechanischen Blechdosen alles auseinandernehmen.« Während die drei diskutierten, behielt Sam den Eingang im Auge. Ihn überkam wieder dieses Gefühl, so als ob er wusste, was jetzt zu tun war. Keine Minute verging und die breite Tür der Bar schwang nach innen. Vier dunkelblau lackierte Roboter betraten das *Old Barrel*, zusammen mit zwei silbernen

Drohnen. »Hast du an die Box mit den Bauteilen des Wolfsroboters gedacht?«, wollte Bruce von Beth wissen. »Bevor ich euch warnen wollte, habe ich den Behälter und einen Teil der Ausrüstung in unseren Gleiter gebracht«, sagte sie stolz. »Wir können sofort verschwinden. Eve wird nicht erfreut sein, dich zu sehen, aber uns bleibt nichts anderes übrig«, fügte sie hinzu. Sam nahm die Pistole in die Hand, ohne die Androiden am Eingang aus dem Auge zu verlieren. »Das Gerät im Stadtarchiv ist meine Chance auf Antworten, ich werde dorthin gehen.« Sam stand langsam auf und gab Beth ein Zeichen, unter dem Tisch in Deckung zu gehen.

»Hey Cowboy, halt die Füße still, noch haben sie uns nicht erkannt«, wandte Bruce ein. Doch was ihm entgangen war, war die Tatsache, dass die Drohnen ihre Läufe ausgefahren hatten und zu ihnen zischten. Mike drehte sich um und brüllte: »Shit, wir sind aufgeflogen!« Die Militärbots zogen ihre Waffen und kamen angestürmt. In der Bar war jetzt Hektik ausgebrochen, die Leute fingen an, in alle Richtungen zu laufen, um sich in Sicherheit zu bringen. Beth schnellte unter den Tisch und griff nach Mike, der trotz seines Zustands Anstalten machte, mitzumischen.

»Was soll das werden?« Er wehrte sich und versuchte ihre Hand von seinem Arm zu lösen.

»Sei einmal vernünftig und bleib unten«, schrie Beth. Die Drohnen fegten graziös an den Besuchern vorbei und gaben in schrillem Ton von sich: »Verdächtige

Individuen lokalisiert.« Dann eröffneten sie das Feuer. Sam hechtete rechtzeitig zur Seite, ehe die Wand durchsiebt wurde. Im Flug zielte er auf einen der fliegenden Roboter und schoss. Dieser explodierte in tausend Stücke. Brennende Teile hagelten durch die Luft und trafen einige der Gäste. Das Chaos wurde dadurch nur verstärkt. Jeder flüchtete zum Ausgang. Die zweite Kugel aus Sams Waffe ließ die andere Drohne zerbersten. Bruce schaute ungläubig zu ihm. »Verdammt, bist du gut.« Sam stand schnell auf, sprang zum Tisch und zerrte Beth hervor. »Ihr müsst sofort raus hier, gibt es einen anderen Weg nach draußen?« Sie stotterte: »Ja, in der Theke müsste es einen Notausgang geben, ich habe das Gebäude gescannt, als wir uns häuslich eingerichtet haben.« Bruce holte den Schneidbrenner aus seinem Gürtel und wies Mike an, mit Beth abzuhauen. »Wir geben euch Rückendeckung, wartet beim Gleiter auf uns.« Kaum hatte er das gesagt, standen die Bots, die sich durch die Menge gewühlt hatten, vor ihnen. Ohne Vorwarnung griffen die ersten beiden an. In ihrer Brust leuchtete ein helles blaues Licht, das faustgroß war. Scharfsinnig erkannte Sam, dass es sich um die Energieversorgung handeln musste. Zu seiner Verteidigung schlug er dem ersten mit der Faust gegen die stählerne, dünnwandige Brustplatte und drückte ihm so die Energiezufuhr ab. Gleichzeitig stieß er ihm mit dem Fuß gegen das silberne Kniegelenk. Quietschend fiel dieser zu Boden und zappelte hilflos, wie ein Käfer auf dem Rücken, bevor sein blaues Licht erlosch. Bruce aktivierte seinen Brenner und durchtrennte dem zweiten Angreifer die Verbindungskabel am Hals. Die anderen beiden Bots zielten mit ihren Waffen auf das Duo. »Geben Sie auf, in ein paar Minuten wird unsere Spezialeinheit den Laden stürmen, Sie haben keine Chance«, hämmerte es mechanisch aus einem der Androiden.

Mike und Beth hatten das Kampfgeschehen genutzt und waren hinter der Theke verschwunden. Dort kauerten auch die drei Barkeeper und rührten sich nicht.

»Hier muss sich irgendwo der Notausgang befinden«, flüsterte Beth. Mike sah zu den Angestellten und fragte sie, ob sie einen geheimen Notausgang nach draußen kannten. Die zwei jüngeren schüttelten den Kopf. Der ältere aber schien zu wissen, was gemeint war. »Warum sollten wir euch helfen?« Abfällig wandte er seinen Blick ab. »Es scheint mir, dass ihr von der Stadtregierung gesucht werdet, demnach seid ihr Kriminelle.« Dabei schaute er kurz in die Richtung eines Regals, auf dem mehrere Flaschen mit Whiskey, Rum und anderen alkoholischen Getränken standen. Beth hatte die hastige Bewegung der Augen verfolgt.

»Soll ich die Antwort aus dir rausprügeln!« Mike schimpfte mit dem Bartender und drohte ihm mit der Faust. Beth kroch auf allen vieren an das Regal heran. »Vermutlich hat er uns unbewusst schon geholfen.« Sie inspizierte die einzelnen Ablagefächer.

Bruce und Sam wurden von den zwei verbliebenden Militärbots in Schach gehalten. »Legen Sie ihre Waffen nieder und nehmen Sie die Hände hoch«, wurden die beiden angewiesen. Bruce zögerte kurz und legte seinen Brenner auf den Boden. Sams Blick durchstreifte die Bar nach einem Ausweg. Manche von den Gästen hatten sich unter den Tischen in Sicherheit gebracht, andere waren durch den Haupteingang geflohen. Der Tumult ebbte ab und eine trügerische Stille legte sich über den Raum. Einige Meter weiter sah er die kleine Kugel, die vor ein paar Minuten als Kellner fungiert hatte. Er erinnerte sich an die Handbewegung von Bruce, als dieser die Drohne herbeordert hatte. »Schon gut, ich gebe auf, bitte nicht schießen.« Sam lenkte ein und legte seine Pistole langsam vor sich auf dem Boden ab. Mike riskierte einen Blick über die Theke. »Es sieht nicht gut für uns aus, also, was immer du tust Beth, beeil dich!« Diese tastete das Regal ab. »Geduld ist eine Tugend, mein Freund«, sagte sie, als hätte sie alle Zeit der Welt. Kurz darauf spürten ihre Finger eine Unregelmäßigkeit am untersten Fach. Es fühlte sich wie ein Griff an, der zusätzlich angebracht worden sein musste. »Ich glaube, ich hab's.« Sie schmunzelte und sah zu den Barmännern. Der ältere machte ein enttäuschtes Gesicht, griff dann augenblicklich nach einer Whiskeyflasche und holte damit zum Schlag gegen Beth aus. Rechtzeitig eilte Mike ihr zur Hilfe und versetzte dem Mann einen rechten Haken. Dieser jaulte vor Schmerz auf und fiel rücklings nach hinten. Die beiden anderen Angestellten waren entsetzt und machten keine Anstalten, Widerstand zu leisten. Beth riss an dem Griff, und ein mannshoher Spiegel, der neben dem Regal angebracht war, klappte ein Stück nach außen. Ein langer, mit Spinnweben verhangener Schacht führte ins Dunkle, als Beth neugierig die Spiegelwand öffnete und einen Blick riskierte. »Sieht nicht sehr einladend aus, aber das scheint unsere einzige Option zu sein.« Sie stieß einen Seufzer aus.

Zwischenzeitlich hatte Sam seine Hände erhoben und bewegte sich zwei Schritte nach rechts, um besser für die schwarze Kugel sichtbar zu sein.

»Machen Sie nur einen weiteren Schritt, eröffne ich das Feuer!« Hämmerte es laut aus dem Bot. Dann blickte er zu seinem Kollegen. »Überbrücke die durchtrennten Kabelverbindungen von K-104, für K-105 können wir nichts mehr tun.« Der andere Roboter steckte seine Waffe in einen Halfter, der aus seinem rechten Bein ausklappte. Dann zog er ein rotes Kabel mit Klemmen aus seinem Gürtel und kniete sich neben K-104, dessen Augen rotierten. Sam lächelte. »Ein weiterer Schritt wird gar nicht notwendig sein.« Dabei wedelte er mit seiner Hand, und kurz darauf setzte sich die kleine Kellnerdrohne in Bewegung. Bruce erkannte nun, was Sam vorhatte und machte sich bereit. Hinter dem Militärbot, der auf das Duo zielte, ertönte die Kugel. Dieser drehte unwillkürlich seinen Kopf. »Was zum …!« Kaum hatte er seinen Blick abgewandt, sprang Sam ihn an wie ein Raubtier seine Beute. Mit einem gezielten Fußtritt stieß er ihm den Kopf um 180 Grad nach hinten. Der Roboter zuckte kurz und klappte zusammen. Bruce hob die Waffe von K-105 auf und schoss den anderen, der gerade seinen Kollegen neu verkabeln wollte, nieder. Da sie das Überraschungsmoment auf ihrer Seite hatten, war alles blitzschnell vorbei gewesen.

»Sehen wir zu, dass wir von hier verschwinden.« Bruce rannte zur Theke. Sam hob seine Pistole auf und folgte ihm. Als Bruce über die Theke schaute, sah er drei Barkeeper, einer lag bewusstlos am Boden. Neben ihnen stand ein Spiegel wie eine Tür offen. »Das muss der versteckte Ausgang sein, Mike und Beth haben ihn offensichtlich gefunden«, sagte er und machte ein entzücktes Gesicht. Vom Haupteingang konnte man Sirenen aufheulen hören. »Das wird die Kavallerie sein, machen wir uns aus dem Staub!«, rief Sam im Befehlston und deutete auf den Ausgang. Die beiden kletterten durch die Öffnung in den Schacht. Bruce fühlte sich sichtlich unwohl.

»Hier musste wohl schon lange keiner mehr durch, so verdreckt und verstaubt, wie das alles ist.« Sam war vorausgekrochen und kümmerte sich nicht um die Worte seines Hintermannes. Vor ihm gabelte sich der schmale Gang nach links und rechts.

»Es gibt ein kleines Problem, welcher Weg führt nach draußen?«, rief er nach hinten.

»Keine Ahnung, Beth hat davon nichts erwähnt«, entgegnete Bruce. Sam schloss die Augen und versuchte, ein Geräusch auszumachen. »Versuchen wir unser Glück auf der rechten Seite«, sagte er, dann rutschte er auf seinen Knien um die Ecke. Der Schacht führte auf diesem Weg etwas steil nach oben, und nach gut zehn Metern konnte Sam eine Klappe erkennen. »Schätze, wir sind angekommen.« Bruce atmete auf. »Wurde auch Zeit, da bekommt man ja Platzangst.« Mit einem kräftigen Tritt beförderte Sam die Abdeckung auf die Straße. Als er nach draußen sah, musste er feststellen, dass diese menschenleer war.

5

Es hatte heftig zu regnen angefangen. Die Gasse, zu der sie der Schacht geführt hatte, war dunkel, und Sam konnte weder den Gleiter noch Beth oder Mike ausmachen. Er ließ sich aus der Öffnung knapp vier Meter nach unten auf den Asphalt fallen. Der Regen prasselte auf ihn herab, und er konnte den Geruch von nassem Blattwerk wahrnehmen, während der Wind ihm entgegenpeitschte. An dem Haus gegenüber kämpften die hängenden Pflanzen gegen das Unwetter. An der Ecke der Bar flackerten die Lichter der Polizeisirenen in abwechselnden Rot- und Blautönen. Das musste die Spezialeinheit sein, die von den Militärbots angefordert worden war. Sie zählten natürlich genauso zu Adamos Leuten. »Offenbar haben unsere Freunde die linke Seite gewählt«, rief Bruce. Sam schlug den Kragen seiner Jacke nach oben. »Ich werde einen Blick um die Ecke riskieren.«, sagte er. Bruce setzte unten auf, dies gelang ihm weniger elegant wie Sam. Er wischte sich die Regentropfen aus dem Gesicht und kontrollierte die Waffe, die er dem Roboter in der Bar abgenommen hatte. Sam befand sich bereits an der Ecke und spähte auf den Eingang des *Old Barrel*. Dort parkten zwei schwarze Polizeitransporter, deren Türen offenstanden wie riesige Mäuler. An den Seiten der Fahrzeuge waren silberne Drohnen positioniert. Mehrere Beamte hatten sich vor der

Bar eingefunden und besprachen offenbar die weitere Vorgehensweise. Eine Flucht schien ausweglos, und die Lichter der Sirenen und der Regen ließen die Situation dramatischer wirken. Dann erkannte Sam etwas, das für sie nützlich sein konnte. Auf der anderen Straßenseite unter einer Reklametafel, die mit einer holografischen grünen Flasche für ein Getränk warb, stand so etwas wie ein Motorrad. Es hatte genau wie alle Fahrzeuge, die Sam bisher gesehen hatte, keine Räder. Stattdessen schwebte es circa vier Fuß über dem Boden. Die Vorderseite war breit und wurde nach hinten schmaler. An der Front strahlten drei Scheinwerfer und erhellten den Fußweg. Die schwarze Hülle bestand aus Carbon, war mit Metallplatten an manchen Stellen verstärkt und trug in leuchtendem Weiß die Aufschrift *CPF*. Bruce stand jetzt ebenfalls an der Ecke und suchte nach einer Fluchtmöglichkeit. »So wie die Lage aussieht, können wir nicht mal eben um die Bar spazieren und nachsehen, ob Beth und Mike dort auf uns warten«, sagte er. Sam fixierte weiterhin das schwebende Motorrad. »Vielleicht können wir uns damit absetzen.« Dabei zeigte er auf die andere Seite der Straße unter die Leuchtreklame. Bruce fand den Gedanken riskant, als er feststellte, was Sam meinte. »Du bist verrückt, weißt du das?« Energisch schüttelte er den Kopf. »Das ist ein *Glide Bike* der City Police Force. Ohne Zugangsnummer und Fingerscan bewegt sich das keinen Millimeter.« Nach einem weiteren Moment des Abwägens fügte Bruce hinzu: »Außerdem besitzt jedes Fahrzeug einen Ortungschip, weswegen eine Flucht ziemlich aussichtslos wäre.« Sam sah die Drohnen in das Gebäude verschwinden, die Polizisten folgten ihnen nach kurzer Zeit. »Bist du nicht Techniker? Wenn du einen Wolfsroboter zerlegen kannst, müsste so etwas doch ein Kinderspiel für dich sein!«, sagte Sam und huschte über die Straße. Bruce gab einen Seufzer von sich und rannte geduckt hinterher. Beide gingen hinter dem *Bike* in Deckung.

»Von diesem Ding aus kann ich lediglich Beth und Mike kontaktieren, es hat genau wie unser Gleiter eine integrierte Kommunikationseinheit«, teilte Bruce seine Gedanken. Sam flankierte sich an der Vorderseite, um den Eingang der Bar im Blick zu behalten.

»Versuch dein Glück, ich gebe uns Feuerschutz, falls sie uns bemerken.« Bruce zückte ein Gerät aus seiner Hosentasche, aktivierte es, indem er mit dem Finger darüberfuhr und klemmte es sich um den Arm wie eine Uhr.

»Gut, dass die Cops das *Bike* nur in den Standby-Modus versetzt haben, sie dachten vermutlich, der Einsatz würde nicht lange dauern«, sagte er konzentriert. Er entnahm dem *Armband* ein münzgroßes Stück und platzierte es hinter seinem Ohr. Dann hielt er den Arm über die Steuerkonsole des Motorrads und erteilte einen Sprachbefehl. »Verbindung zu G-303 herstellen!« Der kleine Chip hinter seinem Ohr und die Konsole des Fahrzeugs fingen an zu leuchten. »Verbindung zu Gleiter

63

303 wird hergestellt«, ertönte es. Bruce grinste. »Mit diesem Armband kann ich das Bedienfeld kontrollieren, ohne mich als Polizist ausweisen zu müssen.« Sam nickte. »Großartig, es kann sich nur noch um Sekunden handeln, bis die Spezialeinheit wieder hier ist.« Das *Bike* piepte einmal, daraufhin konnten beide eine vertraute Stimme vernehmen.

»Hallo, Bruce, hier ist Beth. Wir befinden uns im Gleiter und haben dein Signal bekommen. Wo seid ihr, um Himmels willen!« Bruce drückte sich näher an das Fahrzeug, der Regen hatte an Stärke zugenommen.

»Wir sind im Schacht nach rechts und befinden uns nun beide unter dieser Reklametafel und haben uns ein *Glide Bike* zunutze gemacht.« Sam sah zu seinem Bedauern die zwei Drohnen aus dem *Old Barrel* fliegen. Kurz darauf kamen die Polizisten. Sie versammelten sich vor ihren Transportern und gaben neue Befehle an die Maschinen. Diese machten sich gefechtsbereit, klappten die Läufe aus und scannten die Umgebung.

»Beeil dich, es ist nur eine Frage der Zeit, bis sie uns finden«, sagte Sam so leise wie möglich. Bruce spitzte über das Motorrad, sah die Drohnen und hatte plötzlich eine Idee. »Pass auf, Beth, wir werden es nicht zu euch schaffen, kann Mike das *Bike* vom Gleiter aus hacken?« Ein Geraschel war am anderen Ende der Leitung zu hören.

»Hey, Leute, hier spricht Mike. Natürlich kann ich das machen, dürfte nur zwei Minuten dauern. Den

Ortungschip werde ich aber nicht deaktivieren können.« Bruce sah zu Sam rüber und antwortete: »Leider ist diese Mühle unsere einzige Fluchtmöglichkeit. Versucht ihr beiden, aus der Stadt zu kommen, ich und unser merkwürdiger neuer Freund brechen in das Archiv ein. Wir werden versuchen, uns die Baupläne von *New Traiana* zu sichern, um einen Weg in das Regierungsgebäude von Leo Adamo zu finden.« Das mit der Glasscheibe und der Notiz, die Sam ihm gezeigt hatte, behielt er vorerst für sich, da ihm die Zeit für lange Erklärungen fehlte. »Mithilfe von Sams außergewöhnlichen Fähigkeiten haben wir bessere Karten, Adamo diesmal das Handwerk zu legen.« Wieder knarzte es am anderen Ende.

»Seid ihr wahnsinnig, das ist glatter Selbstmord! Nur Beamte der Stadtregierung gelangen ins Innere des Archivs.« Bruce atmete tief ein, seine Lungen füllten sich mit der kalten Nachtluft. »Lasst das meine Sorge sein, ich habe schon einen Plan. Bringt die Bauteile zu Eve und seht zu, was ihr in Erfahrung bringen könnt.« Sam hatte es beiläufig mitbekommen und schlich zurück. »Hallo Leute, hier ist Sam. Mike, du sagtest, du könntest das *Bike* für uns kurzschließen? Ich geb dir eine Minute, uns rennt die Zeit davon.« Am anderen Ende wurde es still, vierzig Sekunden später vibrierte das Fahrzeug und heulte auf. »Zugriff gewährt, Officer K-102«, ertönte eine halbwegs menschlich klingen wollende Stimme. Bruce und Sam zögerten keine Sekunde und schwangen sich auf das *Bike*, denn die Drohnen waren bereits auf dem Weg zu ihnen. »Verschwindet Leute, wir lenken die Einheit auf uns!«, rief Sam in die Kommunikationseinheit.

»Alles klar, ich hoffe, ihr wisst, was ihr tut«, antwortete Beth. Man konnte das Zittern in ihrer Stimme vernehmen. Der Motor fauchte wie ein Panther, als Sam am Gashebel drehte und sich das Fahrzeug in die Luft erhob. Die Polizisten waren sofort in Alarmbereitschaft, da der Lärm nicht zu überhören war. Ein Beamter winkte wild mit den Armen. »Das müssen die beiden sein, sie haben eins unserer Bikes gekapert.« Ein anderer aus dem Team kreiste mit der Faust und zeigte dann in Richtung des Duos. Sofort schnellten die silbernen Drohnen auf sie zu. »Feuern, sobald das Ziel in Reichweite ist«, hörte Bruce jemanden aus der Einheit rufen. Die fliegenden Roboter waren schon im Kampfmodus und ihre Laser erfassten das Bike.

»Halt dich gut fest, ich habe einen Plan«, rief Sam. Dabei machte er eine 180-Graddrehung mit dem Fahrzeug und steuerte genau auf das Sonderkommando zu. Bruce krallte sich mit aller Kraft an seinen Sitz fest. »Das klappt niemals, du verrückter Hund!« Kaum hatte er diesen Satz ausgesprochen, rasten die beiden mit vollem Tempo auf die Beamten zu. Die Drohnen fingen an zu schießen, doch in letzter Sekunde zog Sam das Bike nach oben. Die Polizisten konnten sich vor den Geschossen gerade so in Sicherheit bringen, da sie nicht mit solch einer Taktik gerechnet hatten. Etwas überrumpelt von der Aktion stürmte die Einheit in ihre Transporter und machte diese bereit, um die Verfolgung aufzunehmen. Die Türen ihrer Vehikel schlossen sich. Oben auf dem Dach wurden Kanonen aktiviert, und die zwei schwarzen Fahrzeuge stiegen in die Nacht empor. Sam schoss mit dem Bike über der Bar hinweg, vergewisserte sich kurz, ob die Drohnen hinter ihnen waren, und tauchte dann in eine Nebengasse ab.

»Woher weißt du, wie man solche Dinger fliegt?«, schrie Bruce ihm ins Ohr.

»Nicht den blassesten Dunst, ich wusste es einfach, als ich das Steuer in die Hand nahm.« Durch den Regen und die Geschwindigkeit des Bikes kam es den beiden so vor, als würden sie durch nicht enden wollende Vorhänge aus Wasser gleiten. Hinter ihnen konnten sie erneut das Piepen der silbernen Roboter vernehmen. Mit einem heftigen Ruck steuerte Sam das Fahrzeug nach links, sodass sie in die nächste Straße bogen. Bruce hatte große Mühe, nicht abzufallen. Die Drohnen waren zu weit unten, die Häuserschluchten nahmen ihnen die Sicht auf das Duo. Mit einer Hand griff Sam nach seiner Pistole und mit der anderen steuerte er das Bike vertikal in die Luft. Daraufhin vollführte er eine Art Looping und tauchte so hinter den Robotern auf. Der erste Schuss saß perfekt. Sie rauschten durch eine Wolke aus Feuer und Trümmerteilen. Doch der zweite verfehlte die verbliebene Drohne um Haaresbreite. Diese drehte sich und konnte ihr Ziel erfassen. Sie spuckte aus beiden

Mündungen. Eine Kugel erwischte Sam an der Schulter. Seine Jacke wurde aufgerissen, und er konnte warmes Blut auf seiner Haut spüren, das aus der Wunde drang. Schnell drehte er das Bike nach rechts, um aus der Schusslinie zu kommen. In der Nähe konnte er eine holografische Frau erspähen, die Werbung für Lebensmittel machte. Sie war an die zehn Meter groß und beugte sich hinunter, um vorbeilaufende Passanten zum Kauf zu bewegen. Es war zwar nur ein Zusammenspiel aus mehrfarbigen Lasern, aber sie wirkte dennoch lebensecht. Sam flog sein Fahrzeug mit voller Geschwindigkeit genau auf sie zu. Als sie durch das Hologramm hindurch fegten, stellte er die Scheinwerfer aus und ließ das Bike zu Boden sinken. Die Drohne kam gut einen Meter vor der animierten Frau zum Stehen. Ihre Sensoren waren mit den Lichtern des riesigen Hologramms überfordert. Sam nutze diese Gelegenheit und richtete den Lauf seiner Waffe nach oben. Seine Schulter pochte vor Schmerz, was ihm das Zielen erschwerte. Er kniff ein Auge zu und musste mehrere Schüsse abgeben, bis auch dieser Roboter in brennenden Einzelteilen nach unten regnete. Doch der Erfolg war nur von kurzer Dauer gekrönt. Ein paar Häuserblocks weiter konnte Sam einen der schwarzen Transporter der Police Force entdecken. Er schwebte langsam, aber deutlich erkennbar, in ihre Richtung. Manche Menschen wurden durch das Geschehen angelockt, andere wiederum suchten das Weite, als sie den monotonen Klang der

Sirenen hörten. Bruce tippte mit dem Zeigefinger auf das Gehäuse des Bikes. »Sie haben uns sicher durch den Chip in diesem Gefährt geortet.« Ein älterer Passant mit Gehstock trat näher an die beiden heran. »Suchen die nach euch?«, fragte er unverhohlen. Sam gab darauf keine Antwort, stieg von dem Fahrzeug und winke Bruce zu, ihm zu folgen. Sie mischten sich unter die Menschentraube, die sich gebildet hatte.

»Wir müssen untertauchen!«, sprach Sam mit gedämpfter Stimme und verschaffte sich Raum, um durch die Menge zu kommen. Bruce fuhr sich mit der Hand über sein Gesicht – das machte er immer, wenn er angestrengt nachdachte. »Da wir in das Stadtarchiv wollen, gibt es drei Straßen weiter ein Geschäft für Technik und Robotik.« Er beeilte sich, um an Sam dranzubleiben. »Der Laden ist nicht legal, wenn du verstehst, was ich meine. Zunächst müssen wir durch das Händlerviertel.« Sam drückte auf die Wunde an seiner Schulter, um die Blutung ein wenig zu stoppen.

»Kann ich dort meine Verletzung versorgen?«

»Mit den Utensilien, die zum Verkauf angeboten werden, sollte ich dich zusammenflicken können«, entgegnete Bruce.

Gerade als sie um die Ecke bogen, senkte sich das Einsatzfahrzeug neben das Bike. Zwei Polizisten verließen rasch den Transporter und inspizierten den Bereich. »Wir haben es, aber die gesuchten Personen sind weg«, teilte einer der Beamten den anderen mit, indem er auf ein kleines Gerät hinter seinem Ohr drückte. Dann fragte er: »Konnte unsere zweite Einheit die anderen Verdächtigen lokalisieren?« Es vergingen zirka vier Sekunden, bis eine Antwort kam.

»Unsere Leute haben sich soeben an einen Gleiter geheftet, der versucht, die Stadt zu verlassen, Kennung G-303.«

Sam und Bruce verlangsamten ihre Schritte, um jede Auffälligkeit zu vermeiden. Sie liefen gemächlich durch den Markt im Händlerviertel. Hier wurde laut geschrien, um Waren anzupreisen. Es war zwar Nacht und der Regen hatte nicht nachgelassen, aber das hielt offenbar nicht jeden davon ab, ein Schnäppchen in später Stunde zu machen. Zum Kauf wurden die kuriosesten Dinge angeboten. Es gab Androiden für den Hausgebrauch oder um sexuelle Triebe zu befriedigen, Pflanzen, die in allen Regenbogenfarben leuchten konnten und genveränderte Tiere, die etwas Katzenartiges an sich hatten. Sie fauchten und verzogen ihr Gesicht zu einer hässlichen Grimasse, als Sam an ihnen vorbeikam. An anderen Ständen konnte man sich einen Mitternachtsimbiss gönnen. Die Verkäufer nutzten verschiedene Maschen, um potenzielle Kunden anzulocken. Als die beiden an einer der kleinen Marktbuden vorübergingen, trat eine blasse Frau an sie heran. Sie trug einen beigen Mantel, hatte langes, pechschwarzes Haar, und ihre Augen schimmerten violettblau. Ihr Gesicht war mit Linien überzogen, die in derselben Farbe glitzerten. Offensichtlich war sie ein

Gynoid. »Hallo mein Süßer, hast du Lust auf eine Stunde Spaß mit mir?«, fragte sie Sam. Ihre Stimme klang verführerisch, obwohl das Mechanische eines Androiden mitschwang. Er blieb stehen und musterte den Roboter von oben bis unten, da er so etwas nicht kannte.

»Wer bist du?«

»Die Frau deiner Träume. Du kannst mit mir anstellen, wonach immer dir ist«, gab sie verspielt zurück, dabei legte sie einen Arm um seinen Hals. Die Verkäuferin, eine alte Dame mit silbernem Haar und dicker Brille, rieb sich die Hände, da sie davon ausging, einen Interessenten gefunden zu haben. »Danke, aber dafür haben wir momentan keine Zeit.« Bruce winkte dankend ab. Er schob Sam nach vorne weiter, die mechanische Frau ließ ab und gesellte sich wieder zu ihrer Herrin. »Schade, du verpasst die beste Nacht deines Lebens«, sagte sie. Sam drehte sich um und blickte skeptisch zurück.

»Achte nicht auf das Geschwätz.« Bruce seufzte. »Seit die Seuche fast die ganze Menschheit dahingerafft hat, suchen die Überlebenden nach Möglichkeiten, auf ihre Kosten zu kommen.« Bei dem Wort *Seuche* klingelten bei Sam die Ohren. »Wovon zum Teufel redest du da, was ist den Menschen widerfahren?«

»Genau weiß ich das nicht, aber vor circa einem halben Jahrhundert hat sich eine Krankheit von Asien über die ganze Welt ausgebreitet.« Diese Nachricht schockierte Sam zwar, aber gänzlich unbekannt war sie ihm nicht. Genau wie der Slogan, den er in der Stadt gelesen hatte. »Was kannst du mir noch erzählen? Ich glaube, langsam steigt eine Erinnerung in mir auf.« Bruce lotste Sam auf eine der Buden zu, wo man etwas essen konnte. Die fahrende Küche bereitete Meerestiere zu; es gab Suppen, gegrillte Tentakel vom Tintenfisch am Spieß und Fischaugen in einem Glas, als Snack zwischendurch.

»Sobald wir in dem Geschäft sind, werde ich deinem Gedächtnis weiter auf die Sprünge helfen, versprochen.« Danach formulierte Bruce einen Satz in einer Sprache, die Sam nicht verstand. Der dicke Eigentümer der Küche, ein südländischer Typ mit einem Neontattoo im Gesicht, wischte sich seine Hände an einem Tuch ab. Dann drückte er einen Knopf an der Unterseite seiner Tischplatte, auf der die Tiere zubereitet wurden. Sein Marktstand bewegte sich nach links und machte den Weg zu einem Gebäude frei, das man nur auf diese Weise betreten konnte.

»Wir sind da! Vermeide unnötige Fragen und überlass mir das Reden«, stellte Bruce klar. Beide standen nun vor einem heruntergekommenen, mit Brettern zugenagelten Bau. Er wirkte verlassen, obwohl ein Schild mit der Aufschrift *Mac´s Tec* über dem Eingang in einem orangen Licht pulsierte. »Bist du dir sicher, dass wir richtig sind?« Sam war mehr als skeptisch, als sich die Tür in den Boden absenkte. Der dicke Küchenchef versperrte den Eingang wieder mit seinem Stand, als die beiden den Laden betraten.

»Ich bin ganz sicher, Mac ist zwar ein bisschen

verrückt, aber er wäre der Letzte, der uns verpfeifen würde«, sagte Bruce. Hinter ihnen schloss sich der Einlass, sodass kein Licht mehr vom Markt hineindrang, was den Raum komplett dunkel und gespenstisch machte.

»Willkommen, willkommen, mein alter Freund.« Die Stimme, die aus dem hinteren Teil des Zimmers zu kommen schien, klang heiser wie ein Rabe. »Was kann Mac für dich tun?« Daraufhin klatschte die Gestalt einmal in die Hände, und mehrere Lampen erhellten eine Treppe, die nach unten in den Keller des Gemäuers führte.

6

»Shit, sie sind direkt hinter uns!« Die Stimme von Mike erfüllte den Laderaum, während er sich nach Waffen umsah. Beth behielt den kleinen Monitor im Blick, worauf die Bilder der Außenkameras zu sehen waren. Der bullige Transporter der Police Force hatte sich seit zwei Blocks an ihre Fersen geheftet.

»Ich werde versuchen, sie abzuhängen«, rief Beth nach hinten. Der graphitschwarze Gleiter, mit dem sie versuchten, aus der Stadt zu kommen, war Beths liebstes Stück. Er hatte zwei kleine Flügel an den Seiten, die Kabine war lang und schmal; die Form des Gefährts glich einem Adler, der im Flug seinen Kopf gesenkt hielt. Das Cockpit lag etwas unterhalb der Ladefläche und grenzte sich so vom Rest ab. Bruce und Beth hatten ihn zusammen in Schuss gebracht, umgebaut und modifiziert. Früher hatte er nur dazu gedient, Waren schnell von A nach B zu transportieren. Jetzt hatte er mehr Ähnlichkeiten mit einem Kampfflugzeug als mit einer Liefermaschine. Durch die Frontscheibe konnte man nicht viel erkennen, der Regen erschwerte den Flug erheblich.

»So haben wir keine Chance, ich muss den Night-Vision-Modus aktivieren«, sagte Beth, und dabei schob sie einen Regler an der Konsole nach oben auf Anschlag. Augenblicklich wurde es im Innenraum finster, nur hinten strahlte ein rotes Licht. Der Flieger scannte die Umgebung und bildete sie digital an der Scheibe ab. So konnte Beth alles sehen, obwohl es Nacht war. In einer Kiste wurde Mike währenddessen fündig. Er holte ein Gewehr hervor, das ein Zielfernrohr und drei Läufe hatte. »Na wer sagt's denn, ich habe mein Baby gefunden. Mach die Luke auf!« Er entsicherte die Waffe und schritt langsam in den hinteren Teil des Gleiters. Mit einer Hand suchte er an einer Stange halt, die oben an der Decke entlanglief. Beth drehte sich kurz um. »Wenn ich den Tarnmodus dazuschalte, sollten wir im Vorteil sein.« Vor den Augen der Polizisten, die mit jeder Sekunde die Distanz verkürzten, verschwand ihr Ziel wie durch Zauberei. In einem Moment war der Gleiter noch gut zu erkennen und im nächsten war er fort.

»Was ist passiert, wo sind sie?«, fragte einer der Beamten und blickte suchend nach draußen. Der Transporter verlangsamte sein Tempo, die Lichter rotierten wie die Augen eines Chamäleons in alle Richtungen, um die Umgebung abzusuchen. Der Kommandant der Einheit, ein großer Kerl namens Williams, Mitte vierzig mit blondem Haar und düsterem Blick, grinste süffisant. »Nur die Ruhe, das haben wir gleich.« Er drückte einen gelben Knopf, sodass auch an ihrer Frontscheibe das Umfeld digital visualisiert wurde. »Schon sind sie wieder da!« Nun konnte die Truppe den Gleiter sehen, der versuchte, durch mehrere Manöver von seinem eigentlichen Kurs abzulenken.

»Wartet, was ist das?«, fragte ein Polizist und deutete auf einen hellen Punkt, der immer größer wurde. Und schon ertönte die Stimme des Bordcomputers: »Warnung, Projektil im Anflug, Gegenmaßnahmen werden eingeleitet.« Leuchtkörper schossen oberhalb aus dem Transporter, während er sich nach unten bewegte. Das Geschoss explodierte dicht über den Beamten, als es seine Flugbahn änderte, um das neue Ziel zu treffen. Mike fluchte, da er sah, dass er sie nur knapp verfehlt hatte. »Es wird schwerer, als wir dachten, Beth!« Die Asiatin steuerte den Gleiter so weit nach oben, wie es der Antrieb zuließ. Da es sich nicht um ein richtiges Flugzeug handelte, gewann sie nur so viel an Höhe, dass sie die Häuser unter sich hatte, die nicht so groß wie Wolkenkratzer waren. In der Ferne erspähte Beth die Mauern der Stadt und konnte sich nicht des Gefühls erwehren, bald in Sicherheit zu sein.

»Sir, sehen sie das? Wenn der Gleiter es über die Mauern schafft, verlieren wir sie!« Der Einwand des Steuermanns gefiel dem Kommandeur gar nicht. Er runzelte die Stirn und biss die Zähne zusammen. *Unser Transporter wird sich abschalten, sobald wir die Mauern passieren*, dachte er sich. Er wusste nur zu gut, dass es Sensoren und *EMP* Kanonen gab, die jeden daran hinderten, aus der Stadt zu kommen. Die Regierung der Metropole hatte Angst, dass jemand den Parasiten mit einschleppen könnte, sobald er sich eine Zeit lang außerhalb aufhielt. Beth hüpfte vor Aufregung auf ihrem

Sitz herum. »Siehst du das, Mike? Hinter den Mauern sind wir sicher.« Sie und Bruce hatten natürlich daran gedacht, ihren Gleiter so umzugestalten, dass das Abwehrsystem an der Stadtgrenze ihnen nichts anhaben konnte. Mikes Waffe feuerte unablässig auf die Verfolger. »Die Bastarde werde ich schon noch vom Himmel holen.« Er fauchte und hielt den Finger fortwährend am Abzug. Die Salven verfehlten den Transporter immer wieder aufs Neue, die Polizisten wichen entweder aus oder setzten ihre Täuschkörper ein.

»Setzt dem Ganzen ein Ende! Wenn wir sie nicht lebend fassen, dann eben tot«, befahl der Kommandant und forderte seine Männer auf, aggressiver vorzugehen. Sie nahmen den Flieger ins Visier, die Geschütze auf dem Dach fokussierten das Ziel und feuerten stoßweise. Der Gleiter wurde mehrmals getroffen, sofort brannte es an der Heckseite. Mike hörte auf zu schießen und sprintete zum Cockpit, um sich anzuschnallen. »Beth, gleich sind wir am Arsch!«, schrie er sie an. Auf dem Display läuteten alle Alarmglocken und an der Frontscheibe poppten Warnsignale auf. Beth reagierte beherrscht darauf. »Es ist nicht mehr weit, wir könnten es schaffen.« Sie verloren bereits an Höhe, dicker Qualm machte sich im Inneren breit. Das Feuer griff um sich, als wäre es lebendig.

Sam und Bruce folgten dem kleinen, verhüllten Ladenbesitzer nach unten in den Keller. Zu Sams

Überraschung war das Untergeschoss ein voll ausgestattetes Geschäft für Technik-Enthusiasten. Der Raum war vollgestopft mit Robotern, elektrischen Utensilien und anderem Zeug, dessen Zweck sich für Sam nicht erschloss.

»Bruce Walker, du warst ja seit einer Ewigkeit nicht mehr bei Mac.« Der kleine Mann kicherte in sich hinein. Er hatte die merkwürdige Angewohnheit, manchmal in der dritten Person von sich zu sprechen. Die Neonlampen an der Decke strahlten ein kaltes, weißes Licht ab, einige Androiden, die an der Wand fixiert waren, schauten mit ihren seelenlosen Augen auf das Geschehen herab. Bruce kam gleich ohne Umschweife zur Sache. »Wir müssen meinen Kumpel hier verarzten und dann brauche ich etwas, womit wir in das Stadtarchiv einbrechen können.« Mac verzog keine Miene bei dieser Aussage, stattdessen lief er gemächlich zu einem runden Tisch, auf dem kleine Werkzeuge lagen. »Das wird nicht billig, mein Freund.« Ein schelmisches Grinsen machte sich auf seinem Gesicht breit. Als er seine Hand ausstreckte, um nach einem Zylinder zu greifen, der wie eine Spraydose aussah, konnte Sam sehen, dass der Arm des kleinen Mannes mechanischer Natur war. Mac drehte sich langsam um, dabei zog er die Kapuze seines Mantels nach hinten. Im fahlen Licht wirkte der Ladenbesitzer wie eine Figur aus einem Horrorfilm. Nicht nur der Arm, sondern die ganze rechte Hälfte war maschinell.

»Was hast du denn angestellt?«, fragte Sam

unbeabsichtigt direkt. Bruce gab ihm einen dezenten Schubs, da er vorhin darauf hingewiesen hatte, Sam solle keine Fragen stellen. Mac trat näher heran und funkelte ihn mit seinem menschlichen Auge an. Den leichten Irrsinn darin konnte man deutlich ausmachen. In der anderen Augenhöhle strahlte ein rotes Licht und schien Sam zu scannen. »Wenn man sich für eine Seite entscheidet, muss man bereit sein, die Konsequenzen zu tragen, Bürschchen«, stellte der kleine Besitzer klar. Bruce drängte sich dazwischen, da er wusste, wie leicht Mac zu reizen war, wenn es um sein Äußeres ging. »Er ist ein Mischwesen aus biologischem Organismus und Maschine, ein Cyborg.« Mac, dem die Reaktion von Bruce nicht entgangen war, fing an zu lachen. »Nur die Ruhe, wenn ihr Geld habt, bin ich euer bester Freund.« Daraufhin öffnete er den Zylinder, den er vom Tisch genommen hatte. »Zeig mir mal deine Verletzung, mein neugieriger Genosse.« Sam zog zunächst die Jacke aus und deutete dann auf die Stelle an seiner Schulter. Es hatte seit einiger Zeit aufgehört, zu schmerzen, was ihm nicht aufgefallen war.

»Wegen so einem Kratzer bittest du mich um Hilfe?« Verwundert sah Mac zu Bruce. Dieser schaute ebenso verblüfft wie der Ladenbesitzer.

»Vorhin lief da Blut in Strömen, sein Hemd ist noch immer voll davon.« Sam strich über den kleinen Riss, der weder blutete noch schmerzte. »Die Drohne hat mir die Schulter regelrecht aufgerissen.« Dabei hob er seinen

Arm, damit die anderen beiden den blutgetränkten Ärmel deutlich sehen konnten. Mac beleuchtete ihn weiterhin mit seinem künstlichen Auge. »Anscheinend heilt dein Körper schneller als der von gewöhnlichen Menschen.« Sam fragte etwas skeptisch: »Wie kommst du darauf?« Die metallenen Finger des Händlers zeigten auf die Roboterhälfte seines Gesichts. »Damit kann ich in mehreren Spektren sehen. Du scheinst andersartig zu sein.« Bruce sprach das aus, was Sam dachte: »In welcher Form anders, ist er etwa auch ein Cyborg?« Mac schlurfte zurück an seinen Tisch. »Nein, nichts dergleichen, sonst hätte ich euch gar nicht erst hier runtergelassen.« Er suchte dabei in einer Schublade nach irgendetwas und kicherte wieder. »Seine Knochen sind dichter, seine Muskeln und Sehnen dicker, seine ganze Zusammensetzung ist komplexer, als wäre er das Ideal des Homo sapiens.« Sam schaute skeptisch auf sich herab. »Ein ideales Abbild des Menschen?«

»Das würde zumindest einiges von dem erklären, was heute passiert ist«, wandte Bruce ein. »Laut der Notiz scheint es mir, dass dein Erwachen irgendwie mit Eve zusammenhängen könnte.«

»Du meinst die Anführerin der Rebellen?«, fragte Sam.

»Es kann sich nur um sie handeln. Du wirst es nicht glauben, aber ihr Stiefvater war Wissenschaftler, der an irgendeinem Geheimprojekt gearbeitet hat.« Bruce fuhr sich über das Gesicht. »Die Notwendigkeit, ins Archiv einzubrechen, wird für mich ebenso deutlich. Wir müssen neben den Bauplänen unbedingt dieses Abspielgerät finden.« Neben den beiden öffnete sich ein langer Wandschrank. Der Ladenbesitzer hatte den Hebel in der Schublade endlich gefunden. »Hier bewahre ich das Spezialequipment auf, für spezielle Kunden, wie ihr es seid!« Er grinste breit, lief behäbig zur Wand und durchsuchte die Sachen, die genauso gut aus einer anderen Welt hätten stammen können.

»Denkst du, unsere Freunde haben es geschafft?«, wollte Sam von Bruce wissen. Dieser atmete hörbar ein. »Ich hoffe es, für sie und für uns!«

Beth kämpfte mit dem Sidestick – *ein joystick-ähnlicher Steuerknüppel* des Gleiters –, um einen harten Aufprall zu verhindern. Der Flieger schlingerte über die Dächer und schrammte dabei an einem der geschwungenen Wolkenkratzer entlang. Funken flogen und einer der Flügel wurde fortgerissen. Das Quietschen und Schleifen an der Hauswand schmerzte in den Ohren. So als würde jemand mit tausend Fingernägeln gleichzeitig auf einer Platte entlangkratzen. Mike zog eine Grimasse. »Kannst du vielleicht nur jedes zweite Gebäude mitnehmen?!« Beth schnaubte kurz. »Wenn du jetzt nicht still bist, setze ich den Vogel absichtlich gegen eine Mauer.« Gerade als Mike kontern wollte, krachte es neben ihm und die Seite des Cockpits war verschwunden. Nicht weit hinter ihnen flog der Polizeitransporter, langsam wie ein Falke, der seine Beute zappeln lässt, um den richtigen Moment abzuwarten.

»Ruhig meine Herren, gleich ist es aus«, sagte der Kommandant. Seine Haltung war völlig entspannt, denn ihr Ziel verlor stetig an Höhe.

»Okay Mike, halt dich gut fest, gleich sind wir am Boden«, schrie Beth lauthals. Dieser rollte mit den Augen wegen der schlechten Wortwahl und klammerte sich an die Lehne des Sitzes. Der Qualm hatte zwar nachgelassen, da das große Loch unfreiwillig für einen Luftzug sorgte, aber das Feuer züngelte nach dem Cockpit. Beth konnte die Hitze spüren, sie umklammerte den Sidestick so fest, dass ihre Fingerknöchel weiß hervortraten. Die Höhe war nicht das Problem, sondern die Geschwindigkeit. Diese reichte aus, damit der Gleiter am Boden regelrecht zerfetzt werden würde, wenn sie nur ein wenig falsch aufsetzten. An der rechten Seite tauchte plötzlich ein Busch auf, der von den Gärten eines Wolkenkratzers abstand, als wolle er nach ihnen fassen. »Vorsicht, die Pflanzen!« Beth kreischte aus voller Kehle, dabei riss sie am Sidestick. Mike wollte sich aus seinem Sitz drehen, aber das Buschwerk war zu hart und steif, als dass es sich von der Maschine an die Wand drücken ließ. Durch den Riss sprang es regelrecht ins Innere des Cockpits. Das Geäst zog Mike mit nach draußen, ehe Beth ihm ihre Hand entgegenstrecken konnte. Fassungslos blickte sie auf den Sitz, wo gerade noch ihr Freund gesessen hatte. An seiner statt klebten jetzt nasse Äste und Blätter daran. Sie legte fluchend den Kopf nach hinten, als sie keine fünfhundert Meter vor sich die Mauern der Stadt sah. »Neeeiiin!« Ihre Augen wurden wässrig. Nicht einmal das Feuer, das sich im Cockpit ausbreitete, schien sie aus ihrer Trance zu reißen. Erst als ihre Haare angesengt wurden, kam sie wieder zu sich. Währenddessen landete der Transporter der Spezialeinheit, setzte am Boden auf, und die Männer machten sich bereit, auszurücken.

»Holt ihn rein, oder was von ihm übrig ist«, wies der Kommandant seine Leute an. Die Türen öffneten sich, die Polizisten stürmten nach draußen und rannten zu der Stelle, wo sie den Verdächtigen hatten aufschlagen sehen. Ihre Lampen an den Gewehren leuchteten die Straße ab. Überall lagen Teile des Gleiters, Mauerstücke und Gewächse. In einem Haufen aus Busch- und Pflanzenwerk keuchte Mike und tastete sich ab, um zu überprüfen, ob noch alles an ihm dran war. »Meine Güte, der verdammte Busch hat meinen Aufprall gedämpft.« Was Beth nicht ahnen konnte, der Strauch hatte zwar zunächst standgehalten, war aber im letzten Moment abgerissen und mit Mike in die Tiefe gestürzt. So hatte er kurioserweise als Lebensretter fungiert. Die Beamten zerrten den Verdächtigen vom Boden hoch und legten ihm Handschellen an, die durch Magnetismus beide Arme fest zusammenhielten. Sie brachten ihn geradewegs zu ihrem Einsatzfahrzeug. Der Regen hatte aufgehört, sodass Mike den qualmenden Gleiter erkennen konnte, als er hinter den Mauern aus seinem

Blickfeld verschwand. *Wenigstens hat es einer von uns geschafft, Beth*, dachte er sich. Gerade als sie in den Transporter steigen wollten, hörten sie eine Explosion. Eine Wolke aus Feuer und schwarzem Rauch stieg in die Dunkelheit empor. Der Kommandeur stolzierte ein paar Schritte nach draußen. »Ein Gefangener- und eine tote Verdächtige, nur die Reihenfolge überrascht mich.« Sein teuflisches Lachen ließ die Wut in Mike aufsteigen.

»Mach die Handschellen los, dann gibt es heute Nacht zwei Tote!« Die Faust des Befehlshabers traf ihn am linken Auge, der nächste Haken ging direkt in die Magengrube. »Warum sollte ich Sie auch noch töten, unsere Wissenschaftler haben was anderes mit Ihnen vor.« Er grinste überheblich. Mike blickte zum Horizont. Sein Zorn schlug in Trauer für Beth um. Ohne Widerstand ließ er sich abführen und anketten wie ein wildes Tier, das man überwältigt hatte und in der Akzeptanz seines Schicksals versunken war.

Mac durchwühlte seinen Krempel, und Bruce sagte: »Solange du unsere Sachen rausfischst, kannst du Sam von den Kriegen erzählen.« Der Händler gab einen grunzenden Laut von sich, wobei unklar war, ob es Zustimmung oder Ablehnung bedeuten sollte.

»Sam hier hat keinerlei Erinnerungen, ihm ist die ganze Stadt fremd, sogar von der Seuche hat er keinen blassen Schimmer«, fuhr Bruce fort. Mac lächelte bizarr, seine menschliche Hälfte des Gesichtes spannte sich dabei an. »Also schön, sperrt mal die Lauscher auf, ich erzähl euch 'ne kleine Anekdote, hab sowieso nichts weiter vor.« Dann fing er an:

»Soweit ich mich erinnern kann, fing das ganze vor genau 67 Jahren an, also im Jahre des Herrn 2034. Überall in den Medien war von einem Parasiten die Rede. Er kam aus Japan oder China. Weiß nicht mehr genau … Jedenfalls vermehrte sich die Seuche über das Trinkwasser. In Ländern, wo die hygienischen Standards unterdurchschnittlich waren, war es besonders schlimm. Die Menschen starben wie die Fliegen reihenweise an Hirnblutungen.« Wieder kicherte Mac vor sich hin … *»Die Ausbreitung einzudämmen und ein Heilmittel zu finden, schlug beides fehl. Es kam zu Anarchie in den Ländern, die Welt wurde von schrecklichen Kriegen heimgesucht. Die Ressourcen wurden knapp, sauberes Trinkwasser wurde wertvoller als Gold und Diamanten.«* Mac nahm sich einen Stuhl, der in der Luft knapp über dem Boden glitt, dabei lehnte er sich zurück, als wolle er schlafen. Er schloss sein Auge und sprach mit bedrückter Stimme weiter. *»Ich bin über siebzig Jahre alt, müsst ihr wissen. Damals im Jahr 2051 war ich noch jung, bereit, für mein Land, und später, als die Städte sich abgrenzten, für mein Zuhause zu kämpfen. Ihr wollt nicht sehen, was aus Menschen wird, die nichts mehr zu verlieren haben. Sie haben sich gegenseitig abgeschlachtet wie Vieh, nur für Wasser und Brot. Einige fingen sogar an, das Blut ihrer Feinde zu trinken, wenn sie sicher sein konnten, dass diese nicht mit dem Parasiten infiziert waren. Ich habe 22 Jahre der Kriege und*

Hungerskämpfe überlebt. Erst ab 2073 wurde es ruhiger, da es nur wenige Städte gab, die dekontaminiertes Trinkwasser hatten und die Seuche aussperren konnten. Aber seht mich an, was ich opfern musste.« Er stand langsam auf, deutete dabei auf seinen Körper, der eine groteske Mischung aus Mensch und Maschine war. »Wir hatten reines Glück. Da unsere Stadt am Meer liegt, hatten wir die Möglichkeit, das Salzwasser zu filtern. Reines Glück«, betonte er zum Schluss. »Wenn du mehr erfahren willst, Bürschchen, dann wirst du im Stadtarchiv suchen müssen.« Sam legte den Kopf schief. »Ich spüre eine Verzweiflung in mir, so als ob ich die hoffnungslose Suche nach einem Heilmittel selbst miterlebt hätte.« Der Ladenbesitzer holte zwei chromschwarze Anzüge aus dem Schrank, zusätzlich ein paar Ausrüstungsgegenstände und Waffen. »Keine Ahnung was oder wer du bist, aber ich wünsche euch viel Erfolg bei dem Einbruch.« Bruce inspizierte voller Neugier das Equipment. Die Anzüge bestanden aus winzigen sechskantigen Platten, die schimmerten. Mit seinen Fingern rieb er an dem Stoff, um das Material festzustellen. Mac öffnete auf der anderen Seite des Zimmers eine Art Kajüte mit zwei Betten. »Bleibt heute Nacht hier, morgen früh ist es besser. Darauf wird das Wachpersonal nicht gefasst sein.« Bruce guckte verwirrt. »Natürlich erwartet das keiner, tagsüber ist es noch viel hirnrissiger, als es nachts zu versuchen.« Das krächzende Gekicher des Alten erfüllte abermals den Raum. Er trat neben Bruce und aktivierte ein Tarnfeld an einem der

Anzüge. Dieser wurde langsam durchsichtig, und kurz darauf verschwand er vollständig. »Sie können auf nichts feuern, was sie nicht sehen können.« Sam klopfte Bruce auf die Schulter und sprach gut gelaunt: »Mit Geistern rechnen sie bestimmt nicht. «

7

Am nächsten Morgen, der die unangenehme Kälte der regenreichen Nacht weitertrug, machten sich Sam und Bruce in einer ausrangierten Klapperkiste auf den Weg in das Stadtarchiv. Mac hatte ihnen dieses verrostete und teils undichte Gefährt angepriesen, sei es doch für den Einbruch ideal, da es sicher nicht auffallen würde. Die Einwände von Bruce halfen nichts, vor allem da er das meiste Geld für die Ausrüstung entbehrte. Mit jedem Meter, den sie auf der aschfahlen Straße zurücklegten, schleifte ihr Fahrzeug kurz am Boden und hob wieder ab. »Bleibt bloß zu hoffen, dass wir es überhaupt bis ins Archiv schaffen«, sagte Bruce hörbar genervt, während er versuchte, den Wagen halbwegs sicher durch die Stadt zu manövrieren. Sams Blick nahm die Gebäude und Menschen auf, die an ihnen vorbeihuschten, ohne die Worte oder die Stimmung von Bruce zu beachten. Die Scheiben, auf denen sich einige Passanten fortbewegten, gefielen ihm besonders. Die Szenen in den Straßen waren eher etwas Alltägliches, für Sam hingegen war alles neu und aufregend. Er sog jedes kleine Detail auf. Die silbernen Drohnen patrouillierten in einiger Entfernung, dabei scannten sie die Leute. »Vermutlich suchen sie nach uns«, sagte Sam entspannt. Sie hatten die Anzüge schon vor der Fahrt angelegt und das Tarnfeld aktiviert. Die dünnwandigen Helme, die durch das Bedienfeld am Arm angewählt werden konnten, verdeckten ihre Köpfe. Zusätzlich wurde alles unsichtbar, was sie direkt am Körper trugen. Jetzt sah es so aus, als ob sich ihre Rostlaube autonom fortbewegte. Ungewöhnlich war daran nichts. Dass man so ein Gefährt in so einem verrotteten Zustand überhaupt benutzt, vielleicht. Das Aussehen täuschte über die Ausstattung hinweg, obwohl Bruce dieses Vehikel nie im Leben gekauft hätte, wenn er nicht auf der Flucht und mit einem bevorstehenden Einbruch konfrontiert gewesen wäre. Es beinhaltete fünf Monitore, ausklappbare Waffen, und besaß sogar die Möglichkeit, kurzzeitig mit Autopilot zu fahren. Das war in diesem Fall praktisch, da das Archiv nicht etwa im Zentrum, sondern außerhalb der Stadt lag. Nur eine schmale Brücke trennte die Einrichtung, die im Meer lag, von der Küste. Bruce wusste, dass die riesigen Server des Archivs gekühlt werden mussten. Deshalb stand der Bau im Meer, was sowohl zweckdienlich wie genial war. Die Wahrscheinlichkeit, dass sich jemand unbefugt Zutritt verschaffte, sank fast gegen null. Daher planten sie, sich vom Wasser aus zu nähern. Nach einer knappen halben Stunde waren sie an der Stadtgrenze. Sie reihten sich in eine Kette von autonomen Fahrzeugen, die genau dasselbe Ziel hatten. Viele Fahrgäste waren Mitarbeiter oder Roboter, die zum Arbeiten auf die kleine *Insel* gebracht wurden. Das Archiv funktionierte hauptsächlich selbstständig, aber so ein großes Gebäude verlangte nach Inspektion und Wartung. Aus diesem Grund hatte der kleine Ladenbesitzer darauf bestanden, dass sie morgens aufbrächen, wenn die ersten Angestellten der Stadtregierung ihren Dienst antraten. Verrücktheit und Cleverness lagen bei Mac dicht beisammen. Das schätzte Bruce an ihm. Glücklicherweise hatte sie der Zwischenfall mit dem Glide Bike genau in die Gegend des alten Händlers gebracht. Die Kiste, die Mac auf Lager hatte, war früher mal ein Dienstfahrzeug der Stadtregierung gewesen. Mit ein wenig Hilfe von Fortuna war es noch in der Datenbank registriert, zumindest hoffte das Bruce. Er hatte den Autopiloten aktiviert und sich zusammen mit Sam über eine Luke am Boden des Fahrzeugs in Stellung gebracht. Als sie an der Reihe waren, schwirrte eine kleine Drohne heran und scannte den Code, der sich an der Tür befand. Es dauerte eine Weile, und die beiden befürchteten schon, entdeckt worden zu sein. »*H-1042 zur Weiterfahrt freigeben*«, piepte der fliegende Roboter. Sam lächelte. »Läuft doch prima, oder nicht?« Bruce montierte die Luke ab, konnte sich aber der Freude nicht anschließen. »Sobald wir im Inneren des Archivs sind und das gefunden haben, wonach wir suchen, werde ich deine Meinung teilen!« Ihre Rostlaube fuhr indessen weiter die Brücke entlang. Auf halber Strecke gab Bruce das Zeichen. Sie sprangen nacheinander aus der Bodenöffnung, rollten sich ab, checkten ihre Ausrüstung und sahen zu, wie ihr Gefährt sich alleine auf das Stadtarchiv zubewegte. »Könnten wir damit den Alarm auslösen, wenn wir ein unbemanntes Fahrzeug reinschicken?«, wollte Sam wissen. Bruce zog einen Mundwinkel nach oben und deutete durch das Visier des Helms ein Lächeln an. »Die werden zwar sicherlich dumm aus der Wäsche gucken, aber bei solchen alten Transportmitteln kommt es schon mal vor, dass sie sich selbständig machen.« Mac hatte an mehr gedacht, als es den Anschein hatte. Bruce stellte sich an die niedrige Brüstung und sah nach unten. »Ach du Schande, ist das tief!« Er trat sofort einen Schritt zurück. Das Meer wirkte aufgewühlt, das Wetter in den letzten Tagen war kalt und regnerisch gewesen. An diesem Morgen türmten sich dicke Wolken am Himmel, die abermals ein Gewitter erahnen ließen. Zudem hing dieser Geruch in der Luft, der den Regen schon im Vorfeld ankündigte. Sam stellte sich auf die Brüstung. Er zeigte keinerlei Angst. »Im freien Fall musst du deine Arme anlegen, und deine Fußspitzen sollten nach unten zeigen.« Etwas zögerlich setzte Bruce einen Fuß neben ihn. »Es ist wichtig, die Körperfläche klein zu halten, um Prellungen oder Brüche aus so einer großen Höhe zu vermeiden«, fügte Sam hinzu. Beide kontrollierten ein letztes Mal ihr Equipment, das aus schmalen Seascootern und Rucksäcken bestand.

»Also gut, dann los«, versuchte Bruce sich selbst Mut zuzusprechen. Sie warfen zuerst die Scooter mit den daran befestigten Taschen nach unten. Eine Boje an beiden Geräten verhinderte, dass die Ausrüstung unterging. Sam schrie gegen den Wind an, der an Stärke zugenommen hatte. Dieser ließ wiederum die

Wellenberge ansteigen. »Wir dürfen nicht zu lange zögern, sonst treibt uns das Zeug davon.« Kaum hatte er den Satz beendet, sprang er von der Brücke. Bruce sah ihm nach, sein Magen rebellierte gegen das, was jetzt kam. *Augen zu und durch, wird schon schiefgehen*, dann sprang er hinterher. Sein Körper tauchte senkrecht ein, die eisige Kälte des Meerwassers drang durch den Tarnanzug, die ihn umschloss. Beim Auftauchen hielt er Ausschau nach Sam. Dieser hatte sich sein Equipment schon geschnappt und wartete gelassen in den Wellen auf seinen Kameraden. Mittels ihrer Visiere konnten sie sich, trotz des Tarnfelds, gegenseitig sehen. Bruce hängte sich den Rucksack um und machte seinen Seascooter startklar. In den Wogen, ohne festen Boden unter den Füßen, glich die Aufgabe einem Kunststück. Anschließend ließen sie sich von ihren dunkelblauen Scootern durch das Meer ziehen. Über Wasser drängten die hohen Wellen sie wieder an die Küste, deshalb aktivierten sie den Tauchmodus in ihren Anzügen und steuerten steil nach unten. In der Tiefe nahm die Kraft des Seegangs ab, und sie konnten sich wieder auf ihr Ziel konzentrieren. Laut ihrer Anzeige am Arm hatten sie für circa dreißig Minuten Sauerstoff zur Verfügung. Bruce war alles andere als entspannt. Die Lichter der Seascooter strahlten in die Dunkelheit. Nur schemenhaft war die Plattform zu erkennen, worauf das Archiv stand. »Hast du das auch bemerkt?« Sam stoppte sein Gerät und drehte sich zu Bruce. Über die Funkverbindung in den

Helmen konnten sie unter Wasser miteinander kommunizieren.

»Was soll ich gesehen haben?« Sein Blick fuhr energisch hin und her. Im Augenwinkel näherte sich ein rotes Licht. Sam spürte die drohende Gefahr und rief Bruce über den Helm zu: »Lass sofort deinen Scooter los!« Beide ließen los und ruderten rückwärts, während ihre Transportmittel weiter auf das Licht zu glitten. Plötzlich zuckte der rote Lichtstrahl wild durch die Gegend und die beiden Seascooter wurden in Stücke gerissen. Von rechts kamen zusätzlich zwei weitere rote Lichterscheinungen. Sie schwammen in ihre Richtung. Bruce und Sam hatten ihre Tarnfelder nicht abgeschaltet, was sie jetzt vor einem sicheren Tod bewahrte. Wie sie jetzt, da sich die Maschinen immer wieder gegenseitig beleuchteten, sehen konnten, handelte es sich um drei Roboter, die sich elegant wie Seeschlangen auf sie zubewegten. Jeder von ihnen war fast zwei Meter lang, hatte ein rotglühendes Auge an der Vorderseite und Widerhaken an seinem skelettartigen Körper. Vier gebogene Klingen ragten rund um den Augapfel nach außen und griffen ins Leere. Durch ihre Tarnfelder waren Sam und Bruce einerseits unsichtbar, andererseits strahlte der Anzug aber auch keinerlei Körperwärme ab. Somit konnten die Roboter sie nicht wahrnehmen. Die Seascooter waren jetzt nur Schrott. Den beiden blieb keine andere Wahl, als aufzutauchen und den Rest der Strecke gegen die Wellen anzuschwimmen. Ihnen war nicht wohl bei dem Gedanken, dass unter der Oberfläche mechanische Schlangen kreisten. Die Wogen versuchten sie immer wieder an Land zu drängen. Bruce hatte Mühe, mitzuhalten. Gut, dass sie bei Mac etwas essen und sich ausruhen hatten können. Das gab ihm die nötige Kraft, an Sam dranzubleiben. Dieser hielt unermüdlich seinen Kurs. Vermutlich hätten die Wogen doppelt so hoch sein können, Sam wäre ohne Probleme durchgepflügt wie ein Schiffsbug. *Was um alles in der Welt bist du nur*, dachte sich Bruce. Als sie endlich an einer Schräge des Baus ankamen, deaktivierten sie die Tarnfelder und ließen die Helme in die Anzüge einfahren, um Energie zu sparen. Zuerst kletterte Sam ein Stück weit nach oben, hinter ihm kam Bruce, der völlig aus der Puste war. »Das will ich nicht nochmal machen müssen.« Erschöpft legte er sich auf die metallene Oberfläche.

»Sobald wir haben, wonach wir suchen, bleibt uns nichts anderes übrig, als zurückzuschwimmen.« Sam amüsierte sich über ihn. Bruce schloss die Augen, dann brummte er entnervt. Vor ihnen ragte das Stadtarchiv in die Höhe. Es war ein gigantisches Kunstwerk der Technik. Fünf riesige Schrägen verschränkten sich zu einer Plattform. Aus der Mitte schossen zwei Türme gen Himmel, in denen Lichter pulsierten und Glasfenster den Blick nach außen ermöglichten. Ein halbkreisförmiger Bogen vereinte die zwei Türme. Auf der Brücke herrschte reger Betrieb. Sogar von unten konnte man die Geräusche der Fahrzeuge wahrnehmen. Bruce hatte sich inzwischen wieder gesammelt, sodass beide langsam die Schräge nach oben klettern konnten. Die Metallplatten hatten fingerbreite Rillen, der Aufstieg stellte deshalb keine allzu große Anstrengung dar. Der kräftige Wind, der ihnen die salzhaltige Meeresluft in die Nase trieb, ebbte langsam ab. Nach gut zwei Dritteln fing es an zu donnern. Bruce griff die nächste Rille und sagte: »Wir sollten uns beeilen, wenn es anfängt zu regnen, werden die Metallplatten spiegelglatt sein.« Sam nickte schnell, daraufhin legte er an Geschwindigkeit zu. Die ersten Regentropfen benetzten sein Gesicht. Ein paar Minuten später regnete es wie aus Eimern. Er blinzelte immer wieder, da ihm das Wasser über die Augen lief und er keine Hand frei hatte. Seine Füße rutschten immer wieder an der Oberfläche ab und er klammerte sich mit den Fingerspitzen in die Rille. »Wie läuft es da unten?!« Bruce kämpfte mit den gleichen Problemen, er hing nur noch an einer Hand. »Verflucht, ich rutsche ab!« Sam riskierte einen Blick zu ihm, schätzte die Entfernung zur Plattform ein, dann fing er erneut an zu klettern. »Halte durch, ich werfe dir ein Seil runter, so wäre ich dir keine Hilfe.« Bruce biss sich auf die Unterlippe, seine Finger glitten nacheinander aus der Rille. Er schloss die Augen, der Regen strömte ihm über das Gesicht. Bilder, wie er rücklings nach unten fiel, schossen ihm durch den Kopf. Bei der Höhe hätte er sich leicht ein Bein oder einen Arm brechen können, da die Schrägen am Wasser hohe Kanten hatten. Mit einem Mal schlug ihm das Seil gegen den Kopf, das Sam runtergelassen hatte. Dieser schrie, er solle doch zugreifen. Bruce packte es, woraufhin er nach oben gezogen wurde. Endlich standen beide auf der Plattform. Vor ihnen streckten sich die Türme den Wolken entgegen. Von nahem wirkte das Archiv noch gewaltiger als aus der Ferne. »Jetzt müssen wir nur noch reinkommen, ohne gesehen zu werden«, sagte Sam. Dabei sah er die Energieanzeige seines Anzugs an. Diese war schon im roten Bereich. Bruce aktivierte wieder seinen Helm. »Mmh, wenn wir an der Seite einsteigen, können wir auf die Tarnung später noch zurückgreifen, das spart die meiste Energie.« Beide blickten in alle Richtungen, um sich zu vergewissern, dass niemand sie sah. Dann schlichen sie auf die Wand des linken Turms zu. Der Haupteingang war aber zu weit entfernt, als dass sie jemand hätte erspähen können. Und sonst gab es keine Türen oder Notausgänge. Das Prasseln des Regens übertönte zusätzlich jedes Geräusch, das die beiden verursachten. Nicht dass sie nicht leise vorgingen, aber die Wachdrohnen waren nicht zu unterschätzen, und sei es nur eine gedämpfte Unterhaltung. Als sie an der Wand standen, scrollte Bruce an seinem Arm durch verschiedene Sichtmodi für das Visier. Eine Art Röntgenblick ermöglichte ihm, in den Turm zu sehen. Vier Meter weiter deutete er auf eine Stelle. »Hier können wir durch, ohne in festem Baumaterial steckenzubleiben.« Sam wirkte verwundert, sollte aber die Scheiben aus dem Rucksack genau dort anbringen, wo er es ihm zeigte. Sam kratzte sich nachdenklich am Hinterkopf, als er sah, dass die Metallscheiben ein Rechteck bildeten. »Und was passiert nun?«, fragte er. Bruce drückte jeden Teller einmal, sodass sie sich aktivierten. Sie brummten und blaue Ringe leuchteten in ihnen auf. Es folgte ein Zischen und Laserstrahlen verbanden sie zu einer geschlossenen Einheit. Im Inneren des Rechtecks fing das Material an, sich zu verflüssigen wie Wasser. Bruce lächelte und streckte seinen Arm aus, dieser verschwand in dem Gebilde. »Unser Eingang, mein Freund.« *Die Metallteller verändern feste Materie*, erkannte Sam verblüfft. Bruce stieg zuerst hindurch, nachdem er seinen Rucksack genommen hatte. Es dauerte ein paar Sekunden, bevor Sam nachkam. Hinter ihm peitschte der Regen weiter auf die Plattform ein. Er schloss seine Augen, hielt ungewollt den Atem an, dann schritt er vorsichtig hindurch.

8

Es fühlte sich kalt an wie dickflüssiges Wasser, das immer mehr gefror. Auf der anderen Seite öffnete Sam langsam seine Augen. Es hatten sich Eiskristalle auf seiner Haut gebildet. Mit der Hand wischte er sich über das Gesicht und sah sich gleichzeitig um. Sie standen in einer Halle, die mindestens an die zehn Meter hoch war. In jeder Ecke gab es weitere Gänge, die in andere Teile des Archivs führten. Neonlichter in Weiß und Blau strahlten aus den Wänden, sie schienen verschiedene Wege zu markieren, was der Orientierung diente. Grüne Kletterpflanzen wuchsen um Säulen herum, die die Hallendecke stützten. Die Luft hatte einen leicht erdigen Geruch, der sich mit der Meeresbrise mischte, die von gekippten Fenstern hereindrang.

»Aktiviere dein Tarnfeld und den X-Ray Modus in deinem Helmvisier!«, forderte Bruce ihn auf. Sam wischte über sein Armgelenk. Der Helm schloss sich um seinen Kopf. Er scrollte durch die einzelnen Sichtmodi. Es gab die X-Ray Sicht, die sein Mitstreiter benutzt hatte und eine Thermalsicht, die die Wärmeenergie von Wachleuten und Maschinen abbildete, um sie frühzeitig zu erkennen. Wenn die beiden Modi kombiniert wurden, waren Menschen und Roboter durch Wände hindurch sichtbar. »Ich hoffe, wir finden hier das Abspielgerät!«, sagte Sam. Die Skepsis war deutlich zu hören. Er aktivierte das Tarnfeld und löste sich langsam auf. Bruce wurde ebenfalls unsichtbar. »Das hoffe ich auch. Aber zunächst sichern wir uns die Baupläne von *New Traiana.* Mit den Plänen könnten wir uns endlich Zugang zum Regierungsgebäude verschaffen.« Sam nickte. Durch ihre Visiere sondierten sie die Lage.

»Wo fangen wir an zu suchen?«, fragte Sam. Bruce drehte sich beim Gehen um die eigene Achse. »In einer Etage haben sie sicher die Server, die alle Daten gespeichert haben.« Sie schlichen weiter durch die Halle und folgten dem weißen Neonlicht. Die Gänge verzweigten sich immer öfter. Sam wusste, dass ihre Tarnanzüge nicht mehr viel Saft hatten. »Das dauert zu lange, wir können hier nicht ewig rumspazieren!«

»Und? Was schlägst du vor?«, entgegnete Bruce. Sie unterbrachen ihr Gespräch abrupt, von rechts hörten sie Stimmen, die näher kamen. Mithilfe der Visiere sahen sie zwei Angestellte, die heftig diskutierten. Einer von ihnen fuchtelte so wild mit den Armen, als wäre er ein Vogel, der gleich abheben wollte. »Was soll das heißen, *einer Operation unterziehen*?«, rief dieser energisch.

»Sie injizieren dir eine Flüssigkeit und danach bist du ihr willenloser Sklave, hab ich gehört«, meinte sein Kollege. Die Angestellten liefen durch den Gang, ohne zu ahnen, dass sie belauscht wurden. Sam hielt die Luft an und zog ein Messer hervor. Gerade in dem Moment, als die Männer an ihm vorbeikamen, packte er sich einen davon und hielt ihm die Klinge an die Kehle.

»Was zum Teufel …!«, schrie der andere entsetzt. Für ihn sah es so aus, als ob sein Kollege von einem schwebenden Messer in Schach gehalten wurde. Denn die Rucksäcke der beiden waren, durch das Tarnfeld, ebenfalls nicht zu sehen. Bruce versetzte ihm einen Schlag, woraufhin er bewusstlos einknickte.

»Hör genau zu, wenn du am Leben bleiben willst!«, schüchterte Sam den Angestellten ein. Sein Messer kratzte den Hals leicht an, sodass etwas Blut floss. Mit tiefer Stimme fuhr er fort: »Ich stelle dir zwei Fragen, solltest du zögern oder uns anlügen, schneide ich dir ein Ohr ab!« Bruce fand das makaber, sagte aber nichts. Der Mitarbeiter fing an zu zittern. »Wer sind Sie?« Ohne darauf zu antworten, flüsterte Sam ihm ins Ohr: »Frage Nummer Eins, wo befindet sich der Serverraum?« Seine Hand legte die Klinge an die Ohrmuschel und übte leichten Druck aus.

»Folgen Sie dem grünen Neonlicht in die unterste Etage, Raum Nummer 315!« Die Antwort kam zu schnell, als dass es eine Lüge hätte sein können.

»Zweite Frage! Wo lagert ihr veraltete Technik, wie holografische Abspielgeräte?« Der Mitarbeiter deutete ein Kopfschütteln an. »Ich weiß es nicht, ich überwache und warte nur die Elektronik, die mit dem Serverraum in Verbindung steht.« Sam steckte sein Messer weg, schlug den Mann bewusstlos, danach durchsuchte er seine Taschen. »Vielleicht ist er im Besitz eines Zugangsschlüssels für die Server!« Bruce checkte eine

Tür in der Nähe. »Das glaube ich kaum, dieser Eingang hier öffnet sich mittels Fingerabdruck.« Sams Blick wanderte zu der Hand des Bewusstlosen. Bruce tuschelte: »Willst du ihm den Finger abschneiden, das ist nicht dein Ernst.« Der Mitarbeiter schien zu schweben, als Sam ihn über seine Schulter packte. »Rede keinen Unsinn«, lachte er. »Ich hätte ihm auch sonst kein Körperteil abgeschnitten. Menschen neigen dazu, zu lügen, wenn man ihr Leben bedroht. Daher die Sache mit dem Ohr.« Sie setzten sich in Bewegung, in die Richtung, aus der die Angestellten gekommen waren. Tatsächlich gab es in diesem Gang eine grüne Linie an der Wand, die nach ein paar Abzweigungen ins Untergeschoss führte. Als sie in der unteren Etage waren, zählten sie die Nummern. »313, 314 … und bingo, 315!« Sam blieb stehen, nahm die Hand des Mitarbeiters und scannte sie an dem dafür vorgesehenen Feld, bevor er ihn ablegte. Durch die Visiere sahen sie die minimale Wärmeenergie, die vom Rechenzentrum abgegeben wurde, bevor sich die Tür überhaupt öffnete. Der Raum war groß mit endlosen Reihen aus Servertürmen. Überall blinkte und piepte es, die Wasserkühlung arbeitete auf Hochtouren. Bruce sah sich begeistert um, als sie ihre Helme und Tarnfelder deaktivierten. Er fühlte sich wie ein Kind im Süßwarenladen. »Dass ich das mal zu Gesicht bekommen würde, hätte ich mir auch nie erträumt.« Der Technik-Freak war jetzt voll in seinem Element.

»Konzentrier dich!«, wies Sam ihn an. »Wo können

wir darauf zugreifen?« Bruce durchstreifte den Raum. »Es muss einen Terminal geben, von wo aus man alles steuern kann.« Seine Stimme klang aufgeregt. In der Mitte trennten milchige Glaswände ein Zimmer ab. »Hier muss es sein!« Bruce winkte ihm freudig zu. Sie betraten den Raum, der neun Monitore sowie zwei Schreibtische enthielt. An der linken Glasfront reihten sich vier Rechenanlagen aneinander. »Kannst du das Terminal hacken?«, fragte Sam. Bruce nahm sich einen Stuhl, setzte sich an einen der Tische, dann legte er los. Er zog einen kleinen Speicherchip aus seiner Gürteltasche, steckte ihn in den Rechner, der neben ihm thronte. »Natürlich, ich bin der Beste.« Seine Finger huschten über die Tasten, die in der Glasplatte leuchteten, wie bei einem Klavierspieler. Keine halbe Minute später war er drin. »Zuerst lade ich die Stadtpläne runter, dann suchen wir nach deiner Antiquität.« In dem ganzen Datenbrei konnte Sam ein Programm sehen, das *Enzyklopaedia* hieß. »Moment mal, was ist das?« Bruce zuckte mit den Schultern. »Keine Zeit, wir brauchen die Pläne.« Für Sam ging das Ganze viel zu langsam. »Lass mich mal ran, ich will hier keine Wurzeln schlagen!« Dabei schob er den Stuhl zur Seite, samt Bruce, der sich beschwerte: »Hey, was soll das, du hast doch keine Ahnung davon?« Doch Sams Finger schnellten schon über die Tastatur. Die Programme öffneten und schlossen sich in einem Tempo, dem sein Freund nicht folgen konnte. »Woher weißt du, wie man das macht?« Doch der Blick von Sam verriet, er war in einem geistigen Tunnel, nur darauf fixiert zu lesen, um Informationen aufzusaugen. »Hier hast du deinen Chip, ich habe dir alle Pläne runtergeladen.« Ohne seinen Kopf abzuwenden, reichte er Bruce das Speichermedium. »Ich habe den Standort des ausrangierten Technikmülls lokalisiert. Wir müssen in die oberen Etagen«, gab Sam geistesabwesend von sich. Bruce spielte mit dem Chip in der Hand, dabei sah er an sich herab. »Das kannst du vergessen, unsere Anzüge haben nicht mehr genug Energie für den Tarnmodus.« Von nun an würden sie für jeden im Archiv sichtbar sein.

»Wenn das so ist, lese ich schnell die Enzyklopädie!«, sagte Sam und öffnete das Programm. Diese Wissenssammlung enthielt die gesamte Geschichte der Menschheit. Bruce wollte schnellstmöglich von hier weg, konnte Sam aber nicht loseisen. Dieser scrollte durch die Flut an Daten, dann las er einige Stellen laut vor:

» Juli 2036,
4 Jahre nach dem Fund des Höhlenlöwen

Durch die außergewöhnlich dicke Proteinhülle war der Parasit hitzeresistent, kälteresistent, sogar immun gegen Hunderte von Arzneimitteln. So etwas hat es in dieser Form noch nicht gegeben. Nur zwei Jahre später wurde der internationale Notstand ausgerufen. Denn mittlerweile war jedes Land betroffen. Fieberhaft wurde nach einem Heilmittel geforscht. Es wurde länderübergreifend damit gerungen, die Lage in den

Griff zu bekommen. Vier Jahre später wurde die Suche nach einem Mittel gegen den Parasiten aufgegeben. Die Länder fielen ins Chaos, da keiner vor der neuen Seuche gefeit war. Die Regierungen riegelten ihre Grenzen ab, Luft- und Schiffsverkehr wurden eingestellt. In ärmeren Gegenden kam es vermehrt zur Anarchie. Städte fingen an, sich abzugrenzen, als Krieg um die letzten Ressourcen ausbrach.

November 2075
43 Jahre nach dem Fund

Die Menschheit ist durch den Parasitenstamm enorm dezimiert worden. Die letzten Überlebenden hausen in abgeriegelten Städten, riesige Mauern schließen sie ein. Fremde sind nicht erwünscht, aus Angst, sie könnten den Parasiten in sich tragen. Diese „Inseln" der Menschen sind überwiegend an Küsten gebaut. Da jegliches Süßwasser kontaminiert scheint, wird mithilfe von Entsalzungsanlagen das Meerwasser aufbereitet. So gelingt es den Städten, zu überleben, ohne sich mit dem Parasiten zu infizieren.

Letzter Eintrag März 2101
69 Jahre nach dem Fund

Das Angesicht der Erde hat sich weitgehend verändert. Fast die gesamte Menschheit und die meisten Landlebewesen sind durch die Seuche zugrunde gerichtet worden. Vögel, Insekten und andere kleinere Lebewesen konnte der Parasit nichts *anhaben. Die Natur hat sich in den beinahe siebzig Jahren ungehindert die vom Menschen besiedelten Gebiete zurückerobert.«*

Sam war innerlich aufgewühlt. Bruchstücke der Vergangenheit schossen ihm wie Blitze durch den Kopf. »Ich erinnere mich daran, an einem Heilmittel geforscht zu haben.« Der zurückgelehnte Bruce setzte sich mit einem Mal aufrecht hin. »Das kann unmöglich sein, du bist ungefähr Anfang dreißig, die Wissenschaftler scheiterten knapp dreißig Jahre vor deiner Geburt an dem Parasiten. Das alles liegt mehr als sechzig Jahre zurück.« Doch das Lesen der Enzyklopädie hatte Erinnerungen wachgerüttelt, die Sam vertraut schienen. »Wie kommt es, dass ich eine Menge Fähigkeiten und Wissen habe, wenn ich noch ein junger Mann bin?« Darauf hatte Bruce keine Antwort parat. Sam sprach weiter: »Die Datenbank hat nichts über mich gespeichert. Ich bin das ganze Stadtregister durchgegangen.« Als Bruce aufstand, weil er endlich hier rauswollte, witzelte er: »Vielleicht bist du von einem anderen Planeten.« Sam boxte ihn freundschaftlich gegen die Schulter.

»Ich brauche unbedingt dieses Gerät, um die holografische Nachricht abzuspielen!«

»Damit bringst du uns um, das ist dir klar, oder!« Hinter ihnen fingen die Monitore an zu blinken. Ein Alarmsignal ertönte. *Eindringlinge im Rechenzentrum, unbefugter Zugriff auf das Archiv.*

»Verdammt! Hast du einen Fehler gemacht, Sam?«
Dieser runzelte die Stirn, »Nein, der Alarm wurde von
den oberen Etagen ausgelöst.« Er zeigte auf einen der
Monitore, der das Stadtarchiv komplett im Querschnitt
abbildete. Sie rannten aus dem verglasten Zimmer, am
Eingang des Serverraums warteten sechs bewaffnete
Soldaten auf die beiden. »Schickt die Drohnen rein«,
befahl einer von ihnen. Sam holte seine Pistole hervor,
lehnte sich gegen einen Serverturm und nahm den
Einlass ins Visier. Bruce packte eine kleine, weiße Kugel
aus und wollte zum Wurf ausholen, doch Sam ahnte, was
es war und schrie: »Bist du verrückt, dieser Raum liegt
unterhalb des Meeresspiegels! Die Explosion einer Bombe
könnte ihn fluten und uns wie Ratten ertränken.« Bruce
warf sie trotzdem. Einer der Soldaten stolperte nach
hinten. »Achtung, Männer!« Aber anstatt einer
Detonation gab es einen kleinen Blitz, und plötzlich
hingen die Angreifer in der Luft.

»Keine Sorge, das sind Macs Anti-Gravitations-
Bomben«, erklärte Bruce mit einem Lachen. In dieser
Blase, in der die Soldaten sich wie Ballons drehten,
konnten sie nichts mehr ausrichten. Die Drohnen flogen
elegant über die Server, schossen auf die Eindringlinge
und zerfetzten die Technik. Sam rollte sich gerade noch
rechtzeitig aus der Schusslinie. Die Waffe von Bruce, die
er von Mac bekommen hatte, beendete den Spuk. Diese
gab einen elektrisch-magnetischen Impuls ab und legte so
die fliegenden Roboter lahm. »Nichts wie raus hier!«, rief

er Sam zu. Sie rannten zum Eingang, aktivierten ihre Helme und huschten durch die Gänge, immer darauf bedacht, dem Wachpersonal nicht in die Arme zu laufen. Bruce wollte raus auf die Plattform, Sam allerdings lotste ihn nach oben. »Ich habe mir den Bauplan des Archivs gemerkt, gleich sind wir am Ziel.« Drei Etagen weiter standen sie vor einem Aufzug, der nur aus einer schwebenden Plattform bestand. Es gab keine Türen oder Wände, nur den Schacht mit dieser Scheibe. Bruce zögerte, er wusste, je höher sie kamen, desto wahrscheinlicher saßen sie in der Falle. Sam packte seinen Arm und zerrte ihn auf die riesige Metallplatte. Aus einem der Gänge kamen ein Dutzend Soldaten angerannt. Ihre Kugeln trafen ins Leere, als die beiden in die oberste Etage katapultiert wurden. Oben bestand das Stadtarchiv fast nur aus dickem Glas. Man konnte das Meer sowie die Sonne sehen, die durch die Wolken strahlte. Der Regen hatte mittlerweile aufgehört. Sie stiegen von der Platte, um in die monumentale Halle vor ihnen zu schleichen. Sam bemerkte, dass der Aufzug von unten wieder aktiviert wurde. Er holte aus seinem Rucksack, die Teller hervor, die Materie durchlässig machen. »Ich hab 'ne Idee!« Er platzierte sie in einem großflächigen Quadrat auf der Plattform. Zwei Minuten später, als der Aufzug mit den Soldaten nach oben fuhr, winkten ihnen die beiden zu. Bruce grinste breit. »Guten Flug, Leute!« Sam steuerte die Technik mit seinem Tarnanzug. Die Scheiben brummten, leuchteten blau, und im nächsten Augenblick fielen ihre Verfolger durch die Platte in die Tiefe. Ihre Schreie verstummten, als sie unten am Boden aufprallten. Die beiden betraten die Halle, die einem Museum glich. Um sich besser umsehen zu können, ließen sie ihre Helme wieder in den Anzügen verschwinden. Glasvitrinen bildeten eine Allee, die bis ans andere Ende hinführte. Sam begutachtete die Vitrinen. In jeder lag ein Objekt, das aus längst vergessenen Zeiten stammte. An den Wänden hingen Gemälde, die auf verschiedene Künstler zurückzuführen waren. Zwei große Statuen aus Stein, die Götter aus der griechischen Mythologie darstellten, schlossen die Allee ab. Bruce konnte damit nichts anfangen. »Was soll das denn alles sein?« Sam hingegen stand vor einer Vitrine, bückte sich weiter runter, um den Inhalt besser zu sehen. »Ich schätze, das hier ist eine Sammlung, um die menschliche Kultur zu erhalten.« Bruce kam zu ihm und sah, dass der Glaskasten das gesuchte Abspielgerät enthielt. »Super, da ist das Teil!« Mit einem Schlag seiner Waffe zerbrach er eine Seite der Vitrine. Er holte das Gerät heraus, das die Größe eines Brillenetuis hatte. Dann verstaute er es in seinem Rucksack. »So, jetzt nichts wie raus hier!« Sam aber sah sich in der Halle weiter um. »Großartige Sammlung, findest du nicht?« Bruce lief zu Sam und wollte ihn nach draußen bugsieren, da trat aus dem hinteren Teil der Halle eine Gestalt aus dem Schatten hervor. Sie klatschte in die Hände. »Bravo, ihr seid weitergekommen, als ich gedacht habe.« Beide drehten sich um. Der Mann, den sie nun sehen konnten, lachte teuflisch. Sein Haar war kurz und schneeweiß, seine Gesichtszüge markant, seine Augen sprühten vor Bosheit. Er war fast zwei Meter groß und athletischer Natur. »Habt ihr wirklich gedacht, dass man euch rumspazieren lässt, und keiner merkt etwas?!« Er schnippte mit den Fingern, und aus einem Nebenzimmer kamen zehn Soldaten, die sich aufreiten wie die Terrakotta-Armee.

»Wer sind Sie?«, fragte Sam geradeheraus. Der Mann stolzierte auf sie zu. Sein Gesicht wies leichte Falten auf, dennoch wirkte er vital und jung. Mit einem diabolischen Grinsen sagte er: »Darf ich mich vorstellen, mein Name ist Leo Adamo. Ich bin derjenige, der eure Lebensfäden in der Hand hält!« Bruce begutachtete die Soldaten, die die ganze Zeit dastanden und ins Leere blickten wie leblose Maschinen. »Die meisten Bürger dieser Stadt haben ihn nie wirklich zu Gesicht bekommen. Nur seinen Namen kennt jeder!«, flüsterte er Sam zu. Als sich der Mann umdrehte, um wieder etwas Abstand zu gewinnen, konnten beide sehen, dass an seinem Hinterkopf ein elektronisches Steuergerät montiert war. Es lief vermutlich sogar an der Wirbelsäule entlang, aber durch den schwarzen Anzug, der einem chinesischen Zhongshan-Suit nachempfunden war, konnte man das nicht mit Gewissheit sagen. Der weißhaarige Mann deutete auf eine der Wachen und befahl: »Exekutiere sie auf der Stelle!« Sein Steuergerät am Hinterkopf blinkte auf. Der Soldat schritt nach vorne, zog seine Waffe und nahm Sam ins Visier. Sein Körper zuckte kurz, so als kämpfte er gegen seine Handlung an. »Sir, sollten wir sie nicht verhören, womöglich sind sie nicht alleine?«, fragte er. Dabei ließ er die Waffe sinken. Adamo schnaubte wie ein Bulle. Er zog einen Revolver mit weißem Griff aus einem Holster, das an der Innenseite seines Anzugs befestigt war. Den Lauf legte er an den Kopf des Soldaten, spannte den Hahn, dann drückte er ohne ein Wort ab. Die anderen Wachen hinter ihm wurden mit Blut und Hirn bespritzt. »Libertas ruina est«, sprach er wie im Gebet. »Hört ihr, Freiheit ist euer Untergang!« Die Soldaten salutierten, dabei wiederholten sie die Parole. Bruce verstand nicht ganz, was sich vor seinen Augen abspielte. Doch Sam nutzte die Gelegenheit, griff nach hinten in seinen Rucksack und holte eine kleine weiße Kugel hervor. »Psst, auf mein Zeichen rennen wir auf das Fenster neben uns zu und springen ins Meer.« Bruce schüttelte heftig den Kopf. Sam wollte keine Zeit verlieren und warf die Bombe Adamo vor die Füße. Dieser machte keinerlei Anstalten, wegzulaufen. Es gab einen Blitz, doch statt zu schweben, wurden die Gegner in eine dicke, schwarze Wolke gehüllt. Bruce schlug sich mit der Hand gegen die Stirn. »Shit, Mac hat dir 'ne Rauchbombe eingepackt!« Das Fenster zerbarst in tausend Stücke, als Sam darauf feuerte. Sie rannten los, ohne sich umzudrehen. Adamo spazierte durch die Wolke, machte eine Handbewegung, und einer der

Soldaten schoss ein Fangnetz mit kleinen Metallhaken auf die beiden ab. Bruce entkam mit einem gewagten Sprung aus dem kaputten Fenster. Sam hingegen warf sich gegen das Netz, um seinem Freund die Flucht zu ermöglichen. Langsam kam Adamo auf ihn zu. Er musterte seinen Fang, schaute Sam direkt in die Augen. »Verblüffend, ich hätte nicht gedacht, dass er es schlussendlich hinbekommen hat. Offensichtlich habe ich den alten Spinner unterschätzt«, sagte er. Daraufhin schlug er Sam mit einem gezielten Handkantenschlag bewusstlos.

9

Fünf Stunden später …

»Eve«, rief Ann der Frau hinterher, »damit bringst du uns alle um!« Doch Evelyn reagierte nicht darauf und stampfte unbeirrt in den Besprechungsraum, der gleichzeitig als Kommandozentrale der Rebellen diente. Evelyn war eine hochgewachsene, afroamerikanische Frau und kämpferisch wie eine Amazone. Sie trug eine militärisch angehauchte Kleidung mit zwei griffbereiten Messern. Ihre Rastazöpfe hatte sie zu einem dicken Zopf nach hinten gebunden. Ihr Blick war kühl und entschlossen, die zehn Jahre als Anführerin hatten ihre Spuren im Gesicht der sonst so hübschen Frau hinterlassen. Ann, eine kleine, zierliche Blondine mit schmalen Lippen und keckem Lächeln, versuchte Eve einzuholen. Der Besprechungsraum wäre eigentlich groß genug für die zwanzig Personen gewesen, doch das ganze technische Equipment und die kleine Entsalzungsmaschine ließen gerade genug Platz, um frei atmen zu können. Das Leben eines Rebellen war nicht leicht, alle Vorteile, die es in der Stadt gab, suchte man hier vergebens. Wenigstens waren sie frei. Frei, ihr Schicksal selbst bestimmen zu können. Die Männer und Frauen, die sich im Laufe der Zeit Evelyn angeschlossen hatten, verzichteten freiwillig auf Komfort. Sogar dass sie geächtet wurden und auf die Todesliste kamen, spielte für sie keine Rolle. Jeder zahlte den Preis mit voller Hingabe, da sie selbst miterlebten, wie der Machthaber der Stadt die Bürger unterjochte. Viele Mitbürger hatten Kenntnis davon, ließen es aber zu, weil sie nicht den Luxus aufgeben wollten, den die Großstadt in solch einer schwierigen Epoche bot. So waren im Laufe der Zeit gerade mal zwanzig Widerständler zusammengekommen. Evelyn erhob das Wort. »Wie weit seid ihr mit der Technik, die uns unsere Patientin mitgebracht hat?« Auf einem kleinen Tisch in der Mitte des Raumes lag ein weißer Behälter, der Teile eines Robotergehirns und einen Chip enthalten hatte. Ein Ingenieur, um die zwanzig Jahre, antwortete: »Wir konnten den Chip auslesen und sind im Besitz einer vollständigen Karte des Kanalisationssystems.« Die Anführerin lächelte für einen Augenblick. »Das ist schon mal eine erfreuliche Nachricht.« Dann fügte sie hinzu: »Was macht unsere liebe Beth?« In einem kleinen Zimmer auf einer Pritsche schlief die junge Rebellin. Die kühle Luft strömte aus einer der fensterlosen Steinöffnungen und umspielte ihr Gesicht. Die Erlebnisse der vergangenen Nacht kehrten bruchstückhaft als Fieberträume zurück. Ihr Schlaf war daher wenig erholsam. Die Szenen, wie Mike aus dem Gleiter gerissen wurde, der Kampf in den Flammen, die Bruchlandung hinter der Stadtmauer, das alles spielte sich ein zweites

Mal in ihrem Kopf ab. Sie schreckte schweißgebadet hoch, im ersten Moment wusste sie nicht, wo sie war. Mit einem Krug frischem Wasser und etwas zu Essen betrat einer der Rebellen das Zimmer. »Fühlst du dich schon besser, Schwesterherz?«, fragte der stämmige Asiate. Beth fing an zu strahlen, als sie ihren Bruder Akeno erkannte. »Es war nur ein schlechter Traum«, sagte sie und wischte sie sich den Schweiß von der Stirn. Akeno lachte: »Du bist verdammt zäh, weißt du das?!« Es grenzte an ein Wunder, dass Beth es bis ins Rebellenlager geschafft hatte. Als das Feuer sich im Cockpit ausgebreitet hatte, hatte sie den Behälter an sich genommen und war bei der erstbesten Gelegenheit aus dem Gleiter gesprungen, bevor dieser direkt hinter der Mauer in einem dicken Baum krachend explodierte. Dabei hatte sie sich das linke Bein verstaucht und diverse Prellungen und Verbrennungen am Oberkörper davongetragen. Mit letzter Kraft war sie dennoch fast vier Kilometer marschiert, bevor sie vor dem Lager zusammenbrach. Zu ihrem Glück hatte sie einer der Rebellen bei seinem üblichen Rundgang gefunden und sofort zu Akeno gebracht, der früher als Arzt in der Stadt praktiziert hatte. Sie hatten nicht die Ausrüstung wie Bruce in der Bar, aber es reichte, um die Verletzungen zu behandeln. »Danke, Akeno, ich schulde dir was.« Kraftlos sank Beth zurück in die Kissen.

»Der weiße Behälter ist Ausgleich genug«, antwortete er. Sie schloss ihre Augen. »Ich hoffe, du bist nicht sauer, dass ich mich damals auf die Seite von Bruce gestellt habe.« Der stämmige Asiate hatte seiner Schwester nie Vorwürfe gemacht, dass sie nach dem Zwischenfall mit Cloe bei Bruce in der Stadt geblieben war. Es war ihr Leben, und deshalb musste er ihre Entscheidung respektieren. Jeder Versuch, sie umzustimmen, wäre sowieso fruchtlos geblieben. Dafür kannte er seine dickköpfige Schwester zu gut. Hinter ihm betrat Evelyn den Raum und setzte sich auf die Pritsche, die Beth gegenüberstand. »Na du kleine Kämpferin, bist dem Tod nochmal von der Schippe gesprungen.« Beth richtete sich langsam auf, viel war nicht mehr von den Verletzungen zu erkennen, aber sie hatte dennoch Schmerzen. »Ich glaube, Mike ist tot«, sagte sie bedrückt. Ann, die Freundin von Mike, schrie auf und fing an zu weinen. Sie hatte heimlich das Zimmer betreten und gelauscht.

»Tränen vergießen können wir später, aber jetzt lasst sie verdammt nochmal ihre Geschichte erzählen«, funkte Evelyn dazwischen und legte ihren Zeigefinger an die Lippen. Die Anführerin konnte hart sein, aber im Inneren hatte sie ein Herz aus Gold. Diese Kombination hatte sie all die Jahre überleben lassen. *Sei erbarmungslos bei deinen Feinden und fürsorglich deinen Mitstreitern gegenüber.* Das war ihr Motto, dem sie treu blieb. Sie war erst vierzehn, als ihr Stiefvater starb, ihre Mutter verstarb zwei Jahre danach. Seitdem biss sie sich durchs Leben. Mit zarten achtzehn war sie schon die Anführerin einer kleinen Gruppe von Widerständlern, die Protestaktionen in der

116

Stadt durchführten. Keiner hatte ihr damals glauben wollen, dass ihr Stiefvater und vermutlich ihre Mutter ermordet worden waren. Die Beweise, dass die Stadtregierung dahintersteckte, hatte die Polizei verschwinden lassen.

Beth fing an, ihre Geschichte zu erzählen. Davon, als Mike mit dem Fremden auftauchte, den Wolfsroboter im Schlepptau, bis hin zum Kampf in der Bar und der anschließenden Flucht. Evelyn hörte sich alles in Ruhe an, ohne ein Wort zu verlieren. Dann stand sie auf, packte Akeno am Arm und ging mit ihm ins Freie. Das Versteck lag abseits der Stadt, mitten im Wald. Kein Mensch würde versuchen, sie hier zu suchen. Die Angst, dass Pflanzen oder Tiere die Seuche in sich trugen, war zu groß. Ein Ammenmärchen, wie die Rebellen herausgefunden hatten. Akeno hatte den Parasiten nur im Süßwasser nachweisen können. Die Flora konnte er ausschließen, nur größere Tiere musste man meiden, wenn es überhaupt noch irgendwo welche gab. Deshalb lebten sie vegetarisch oder ernährten sich von dem, was das Meer ihnen bot. Die Stadt stellte das Leben außerhalb gefährlicher dar, als es war. Es ging dabei um Macht, nicht um das Wohl der Mitbürger.

»Wir müssen unbedingt einen Weg finden, diesen Adamo und seine Handlanger zu stoppen«, sagte Evelyn streng und lief vor Akeno auf und ab. »Der Bericht von Beth lässt für mich keinen Zweifel daran«, merkte sie an. Akeno zog überrascht die Augenbrauen hoch: »Wir wussten, dass es ohne Verluste nicht zu schaffen sein wird. Aber wir bräuchten mehr Informationen, was den Aufbau von *New Traiana* betrifft.« Die Anführerin legte den Kopf nach hinten und nahm die Sonnenstrahlen auf, die durch die Wolken blitzten. Ann, die sich mittlerweile etwas beruhigt hatte, gesellte sich zu ihnen. Evelyn atmete ein und sprach: »Je länger wir tatenlos bleiben, desto mehr Zeit hat dieser Adamo, seine Macht auszubauen!« Die kleine Blondine verschränkte die Arme und flüsterte: »Vorhin hielt ich es für Selbstmord, aber nun stimme ich dir zu, für Mike.« Ein nachdenkliches Schweigen machte sich bei allen dreien breit, der Wind pfiff durch das Geäst der Bäume und losgelöste Blätter tanzten vor ihren Augen in der Luft. Hier draußen konnte es manchmal gespenstisch ruhig werden. Vereinzelt tauchten kleine Tiere auf, Akeno hatte erst letzte Woche ein paar Vögel gesehen. »Wir werden später unsere Leute versammeln und abstimmen, ob wir uns in den nächsten Tagen einen Weg in das Regierungsgebäude suchen«, brach Evelyn das Schweigen. Dann, ohne eine Antwort abzuwarten, ging sie wieder nach drinnen. Ann und Akeno schauten sich an. »Ich wüsste zu gerne, was aus Bruce und dem Fremden geworden ist«, gab der Asiate von sich.

»Vermutlich hat man sie gefangen genommen oder getötet.« Ann schniefte und setzte sich auf eine Bank, die am Eingang stand. Akeno wollte sie aufmuntern, ihm kamen aber keine rechten Worte in den Sinn. Daher blieb er stumm neben ihr und beobachtete die Natur. Kurze Zeit später riss Evelyn sie wieder aus ihrer Lethargie, sie war mit einem Speer und Rucksack ausgestattet. »Vielleicht fange ich heute etwas, um das Abendessen abwechslungsreicher zu gestalten.« Eilig machte sie sich durch den Wald zur Küste auf.

»Sie braucht mal wieder Zeit für sich, um klare Gedanken zu fassen«, sagte Akeno und verschränkte seine Hände hinter den Kopf. Evelyn hatte sich, seit sie hier draußen lebten, mit der Natur vertraut gemacht. Als Kind, das in einer Stadt aufwuchs, ohne jemals einen Fuß in die Natur zu setzen, waren der Wald und das Meer mit ihren Gerüchen und Farben ein kleines Paradies, wenn man von der Gefahr des Parasiten absah. Den Speer hatte sie selbständig angefertigt. Das Wissen hatte sie aus den Büchern, die ihr Stiefvater in seinem riesigen Labor aufbewahrt hatte. Er hatte versprochen, mit ihr die Welt zu erkunden, sobald er ein Heilmittel gegen die Seuche gefunden hatte. Leider war es nie dazu gekommen, trotzdem hielt sie daran fest, eines Tages eine Reise zu unternehmen. Eigentlich hätte sie die hochtechnisierte Ausrüstung mitnehmen können, um Fische oder andere Meerestiere zu fangen, aber sie wollte vollkommen abschalten. Deshalb nahm sie auf ihren Streifzügen nur den Speer und einen Rucksack mit.

»Sei vorsichtig, Eve!«, rief ihr Ann hinterher. Obwohl die Bemerkung überflüssig gewesen war, da Evelyn auf sich aufzupassen wusste. Von Zeit zu Zeit trieben sich in den Wäldern Gesetzlose oder Infizierte herum, die von den Städten verstoßen worden waren. Das Leben war hart, sogar die Natur hatte sich dem Parasiten unterworfen. Jedenfalls die Fauna, die Pflanzen hingegen waren immun und zogen weiterhin ihre Nährstoffe aus dem Süßwasser. Evelyn ließ sich Zeit. Sie hatte es nicht eilig, sie genoss die Einsamkeit. In dem Rebellenlager kam sie nie wirklich zur Ruhe. Obwohl sie kleine Umwege nahm, dauerte es nicht allzu lange, bis sie an der Küste war. Das Meer brandete gegen die Felsen, Seemöwen zogen ihre Kreise und hielten nach Fischen Ausschau, die sich unter der Wasseroberfläche tummelten. Für das Meer war der Parasit ein Segen gewesen. In den mehr als sechzig Jahren hatte sich alles Leben darin fast vollständig erholt, weil der Großteil der Menschheit fehlte, um es auszubeuten und zu verseuchen. Das Nahrungsangebot kannte keine Grenzen. Krebse, Fische, Muscheln, sogar Seetang standen regelmäßig auf dem Speiseplan der Rebellen. Oft hatten sie Walschulen beobachtet, die sorglos vor der Küste schwammen. Auch die letzten Städte an den Küstenstreifen ernährten sich von dem, was das Meer bot. Als Evelyn ihren Blick über die See streifen ließ, machte sie einen scheinbar leblosen Körper aus, der in den Wogen trieb. Sie kletterte, elegant wie eine Gazelle, den felsigen Abhang hinunter wie schon tausendmal zuvor, um ins Meer zu gelangen. Sie warf dabei ihre Ausrüstung beiseite, und mit einem Kopfsprung nahm sie die restlichen acht Meter direkt ins Wasser. Das Wetter und die See hatten sich im Laufe des Tages beruhigt, sodass es ihr leichtfiel, ihr Ziel zu erreichen. Doch als sie ankam und den Kopf des Mannes anhob, der mit einem Rucksack als Rettungsboje, in den Wellen trieb, wollte sie ihn am liebsten runterdrücken, um sicherzustellen, dass er ertrank. Der Kerl röchelte, schnappte nach Luft und sah ihr in die Augen. Dabei verschluckte er sich so heftig, dass er einen Hustenanfall bekam.

»Nenn mir einen Grund, warum ich dich hier nicht verrecken lassen sollte?«

»Sogar zwei, Eve!«, sagte Bruce und versuchte sich, über Wasser zu halten. »Ich konnte die Stadtpläne aus dem Archiv stehlen.«

»Und weiter?«, wollte sich Evelyn unbeeindruckt geben.

»Na ja, mein neuer Kumpel ist der perfekte Mitstreiter für unsere Sache«, sagte Bruce und drehte seinen Kopf, um sich umzusehen. »Wenn er hier wäre, natürlich!« Evelyn zögerte, doch nach einer Weile gab sie nach und schwamm mit Bruce an Land. Sie half ihm, aus dem Wasser zu kommen, und beide legten sich in die Sonne, um sich trocknen zu lassen. »Hätte ich meinen Speer gehabt, wärst du jetzt vermutlich tot!« In ihrem Scherz lag ein ernster Unterton.

»Es tut mir leid, Eve! Aber diesen Satz hörst du ja schon zum hundertsten Mal.«

»Na und, dann eben weitere hundert Male!« Evelyns Blut kochte vor Wut. Vor ihrem inneren Auge sah sie ihre beste Freundin Cloe, mit ihren langen roten Haaren, wie sie schreiend von den Soldaten weggeschleppt wurde. Vor ungefähr zwei Jahren hatten Bruce, Beth und Cloe bei einem Angriff auf die Stadtregierung ein Team gebildet. Evelyn hatte sie damals angewiesen, im Versteck auszuharren, bis sie mit ihren Leuten vor Ort war. Doch Bruce hatte gemeint, es wäre klüger, sofort loszuschlagen, um den Moment zu nutzen. Aber leider waren an dem besagten Tag keine zwei Wachleute, sondern zwanzig Soldaten mit Drohnen da, die sie bereits erwartet hatten. Den anschließenden Kampf und die Flucht hatte Evelyn aus ihrem Gleiter beobachten müssen. Die drei hatten sich wacker geschlagen und sieben Soldaten überwältigen können. Sie und ihre Männer hatten ihre Freunde in die Maschine holen wollen, doch Cloe war zu weit zurückgelegen. Eine Drohne hatte in ihr rechtes Bein gefeuert, und die Soldaten machten sich über sie her wie Wölfe und zerrten sie in die Gasse zurück. Danach hatte es einen Schuss gegeben und die Schreie von Cloe verstummten. Die Rebellen hatten Evelyn festhalten müssen, da sie dabei war, nur mit einem Messer bewaffnet aus dem Gleiter zu springen. Sie hatten gewusst, wenn sie nicht flohen, würde keiner überleben. Bruce war im Anschluss von ihr in die Stadt beordert worden, er sollte von dort aus operieren. Immer im Brennpunkt, jederzeit der Gefahr ausgesetzt, erwischt zu werden. Ohne Chance, die anderen außerhalb der Stadt zu treffen. Sie würde ihn eigenhändig umbringen, wenn er es wagte, hatte sie ihm verdeutlicht. Beth fühlte sich damals mitschuldig, deshalb wählte sie das gleiche Schicksal wie Bruce. Seitdem hatte Evelyn die beiden nicht mehr gesehen. Jetzt lag Beth im Lager, und neben ihr der Mann, den sie für den Tod ihrer Freundin mitverantwortlich gemacht hatte. Aber die Zeiten waren schwieriger geworden, sie brauchte jede Hilfe, sogar von Bruce. »Lassen wir die Vergangenheit ruhen und besprechen im Lager das weitere Vorgehen«, äußerte sich Evelyn mit schwerem Herzen. Das Speerfischen hatte sie auf andere Gedanken bringen sollen, doch nun waren wieder alte Wunden aufgerissen worden. So hatte sie sich den späten Nachmittag nicht vorgestellt. Beide machten sich auf den Weg und verloren kein unnötiges Wort mehr.

»Ist das Bruce Walker!« Akeno staunte nicht schlecht, als sie vor dem Versteck auftauchten.

»Dass Eve ihn stützt und nicht umgebracht hat, ist eine größere Überraschung.« Ann lachte, daraufhin rannte sie ihnen entgegen. Bruce hatte sich bei dem Sprung ins Meer einige Rippen geprellt, dazu sein linkes Bein verletzt, weshalb Evelyn ihm half, einen Fuß vor den anderen zu setzen. »Bereitet die andere Pritsche vor und verarztet ihn«, befahl sie. Der stämmige Asiate geleitete die beiden nach innen. Ann holte die medizinischen Utensilien, ein paar Kissen sowie eine Decke. Während

Bruce versorgt wurde, traf sich Evelyn mit ihren Leuten im Besprechungsraum. »Dieser Chip enthält den gesamten Bauplan der Stadt«, dabei knallte sie das Speichermedium auf den Tisch. Die Leute in dem kleinen Zimmer horchten auf, ein Raunen ging durch die Menge.

»Damit haben wir endlich einen Vorteil, den wir ausspielen sollten«, ergriff ein junger Mann das Wort. Evelyn grinste und nickte zustimmend. »So sieht es aus, das haben wir Bruce Walker zu verdanken!« Geflüster breitete sich aus. Eine braunhaarige, dünne Frau, die in ihrem Kampfanzug wirkte wie eine Figur aus einem Zeichentrickfilm, rief: »Der ist doch geächtet und verbannt worden!« Das Getuschel der Rebellen schwoll an und wurde lauter. Mit einem Faustschlag auf die Tischplatte verschaffte sich Evelyn wieder Gehör. »Ruhe, seid für einen Moment still! Ich weiß es nur zu gut, ich habe den Bann selbst ausgesprochen. Aber in diesen schwierigen Zeiten müssen wir die Vergangenheit ausblenden.« Plötzlich öffnete sich die Tür, Beth und Bruce kamen herein. Hinter ihnen folgten Ann und Akeno. »Liebe Freunde«, begann Beth den Satz. »Hört euch unsere Geschichte an, bevor ihr ein Urteil fällt. In der letzten zwanzig Stunden haben wir mehr erreicht als in den letzten Jahren.« Die Menge wurde still, vereinzelt wurde geredet, aber alle waren neugierig darauf, was die junge Frau zu erzählen hatte. Einmal mehr schilderte sie die Ereignisse von der Bar, der Flucht und dem Tod von Mike. Doch erst als Bruce seinen Teil zutrug, wie er und

Sam mit dem Glide Bike entkamen, bei Mac reinschneiten, um an diesem Morgen ins Stadtarchiv einzubrechen, horchten die Leute auf. Beth war genauso gebannt wie alle anderen, da sich ihre Wege versehentlich getrennt hatten. Mit seinem Sprung aus dem Fenster des Archivs beendete Bruce seine Geschichte. Er hatte kein Detail ausgelassen, auch nicht die Sache mit der merkwürdigen Notiz, die Sam ihm gezeigt hatte.

»Wer zum Teufel ist dieser Sam?«, fragte einer der Rebellen.

»Das weiß ich leider auch nicht, trotz des Abspielgeräts, da er im Besitz der Glasscheibe mit der Nachricht ist«, sagte Bruce enttäuscht. Abermals wurde durcheinandergeredet, nur Evelyn blieb stumm. In ihr keimte ein Verdacht auf, dass die Antwort vierzehn Jahre in der Vergangenheit lag.

»Eve, wie lautet dein Plan?«, wollten die Rebellen wissen.

»Können wir diesen Sam irgendwie finden, falls er noch lebt?«, hakte Evelyn bei Bruce nach.

»In unseren Tarnanzügen hatte Mac Ortungschips integriert für den Fall, dass wir getrennt werden«, antwortete er. Sie lief ein paar Mal auf und ab, dabei verschränkte sie ihre Arme hinter dem Rücken. »Hört zu, Leute! Ohne diesen Fremden wären wir nicht im Besitz der Konstruktionspläne. Wir suchen Sam und holen ihn raus, wo immer sie ihn festhalten.« Diese Entscheidung traf sie mit einem Hintergedanken. Möglicherweise konnte sie mithilfe des Fremden ein Puzzle zusammensetzen, dessen Teile schon viel zu lange an ihrem Geist nagten.

10

In der Ferne konnte Sam ein Geräusch wahrnehmen, ein Geflüster, das immer lauter wurde. Langsam erwachte er aus seiner Bewusstlosigkeit und konnte schemenhaft eine Gestalt ausmachen. »Sir, er kommt wieder zu sich!«, informierte die schlanke, rothaarige Frau im Laborkittel ihren Chef über das Headset. Sam hob seinen Kopf, um die Person vor sich genauer betrachten zu können. Die Umrisse wurden klarer, sodass er sehen konnte, wer da stand. »Wo bin ich?«, fragte er die Rothaarige. Diese gab zunächst keine Antwort, sondern stach eine Injektionsnadel in Sams Oberarm. »Ich gebe Ihnen eine Dosis Adrenalin, das sollte dem Narkotikum entgegenwirken.« Daraufhin drückte sie auf die Spritze, und Sams Lebensgeister erwachten schlagartig. Neue Kraft strömte durch seinen Körper. Er bäumte sich auf, nur um festzustellen, dass er angekettet war. Den Tarnanzug hatte man ihm ausgezogen. Seine Arme waren an der Wand mit elektronischen Fesseln fixiert. Die Wissenschaftlerin warf ihre langen, roten Haare nach hinten und lachte. »Wir haben Vorkehrungen getroffen, damit Sie uns nicht abhauen.« Dann nahm sie ihr Tablet, das einer Glasscheibe mit Haltegriffen glich und tippte darauf herum. »Sie sind ein erstaunliches Exemplar von einem Menschen, unsere Forschungen könnten weitreichende Erfolge erzielen«, sagte sie, ohne von ihrem tragbaren Computer hochzusehen. »Sie sind in der Aufbewahrungsstation für unsere menschlichen Versuchsreihen, um Ihre Frage zu beantworten.« Ihr Ton war steif und formell.

»Ein Gefängnis für Versuchskaninchen also«, brachte es Sam auf den Punkt.

»So könnte man es auch sehen, obwohl ich die Bezeichnung eher abwertend finde«, gab sie spitz zurück. Hinter der Forscherin, von der Sam begutachtet wurde, als wäre er ein Außerirdischer, kauerte ein Mann in der Ecke der Zelle, der Sam vertraut war. Orientierungslos und blutüberströmt tastete der Gefangene um sich. »Hallo, ist da jemand?« Seine Worte waren verwaschen, da von seinem Mund Haut und Fleischfetzen hingen. Sams Augen wurden größer, als ihm bewusst wurde, dass da Mike saß. »Was habt ihr Schweine mit ihm angestellt?« Sam tobte, mit aller Macht riss er an den elektronischen Armschellen.

»Hören Sie auf, das wird nichts bringen«, keifte die Rothaarige. »Die Symbiose mit Objekt 0407 ist leider nicht gelungen.«

»Wovon zum Teufel reden Sie!« Sam stemmte sich gegen die Fesseln.

»Unsere mutierte Variante des Parasiten hat das primäre Sehzentrum angegriffen, er ist blind.« Sie öffnete eine Datei auf ihrem Tablet. Auf dem Screen stand der Code 0407, daneben zahlreiche Daten. Die Forscherin zoomte ein Bild heran, das das Gehirn von Mike zeigte.

»Außerdem kam es bei ihm zu einer Art Autophagie.« Sam verstand nicht ganz und runzelte die Stirn. Die Rothaarige stieß einen gelangweilten Seufzer aus. »Laienhaft ausgedrückt: Er entwickelte einen Zwang, sich selbst zu verzehren. Deshalb sind seine Finger und Teile seiner Haut abgefressen.« Mikes Anblick war nichts für zarte Gemüter. Teilweise schauten an den Händen die Knochen durch. »Das Schmerzempfinden ist durch den Parasiten vollständig blockiert worden.« Just als Sam vor Wut mit den Füßen nach ihr treten wollte, schob sich die Glastür der Zelle zur Seite. Der weißhaarige, athletische Mann aus dem Stadtarchiv trat herein. »Wie ich sehe, haben Sie unseren Fang aus seinem Schlaf gerissen«, stellte er fest und lief ein paar Schritte auf Sam zu. Er nahm das Tablet der Rothaarigen und suchte nach den Aufzeichnungen, die über Sam angelegt worden waren. »Bemerkenswert, trotzdem nicht überraschend«, sprach er mehr zu sich selbst.

»Aber Sir!«, unterbrach ihn die Wissenschaftlerin. »Dieser Mensch ist außergewöhnlich, mit ihm kann ich schon in den nächsten Wochen vielversprechende Resultate liefern.« Adamo sah sie kühl von der Seite an. »Tun Sie, was Sie wollen, schneiden Sie ihn in kleine Scheiben, wenn es nötig ist.« Er gab ihr das Tablet zurück, strich sich durchs Haar und wendete sich wieder Sam zu. »Er hat sich wirklich Mühe gegeben, aber du wirst immer nur die Nummer zwei bleiben«, sagte der Mann abwertend.

129

»Wer sind Sie wirklich?«, fragte Sam barsch. Ein boshaftes Lächeln zuckte über die Mundpartie des Weißhaarigen. Seine smaragdgrünen Augen fixierten Sam, als wolle er ihn hypnotisieren wie eine Schlange.

»Ich bin der Mann, der im Hintergrund die Fäden zieht.«

»Was sind das für kranke Experimente mit dem Parasiten?«, wollte Sam wissen.

»Das ist die Zukunft, mein gleichgesinnter Freund, damit rette ich die Menschen vor sich selbst«, sagte der Mann voller Stolz. Er ging demonstrativ in der Zelle auf und ab und hob die Arme kurz in die Luft, als wolle er die Welt umarmen. »Die Menschen müssen geführt werden, sie brauchen klare Befehle, damit ihr Leben langfristig funktioniert.« Sam rollte mit den Augen, er konnte sich an die historischen Aufzeichnungen aus der Enzyklopädie erinnern. »Das haben im Laufe der Geschichte schon viele *Führer* versucht«, gab Sam provokativ zurück. »Am Ende werden die Menschen aber dennoch auf ihre Freiheit pochen.« Adamo drehte sich um, seine Augen brannten vor Wut, als Sam das Wort *Freiheit* erwähnte. »Das ist der Fehler dieser primitiven Homo sapiens.« Er fauchte und verpasste Sam einen Schlag mit der Rückhand. »Sobald die Experimente abgeschlossen sind, werde ich den Parasiten in den restlichen Städten verbreiten.« Er atmete kurz ein, dann sprach er die Worte, die Sam schon einmal gehört hatte. »Libertas ruina est, Freiheit bedeutet Untergang«, hauchte er wie ein Dämon aus einer längst vergessenen Zeit. Der Mann beruhigte sich wieder, strich seinen Anzug glatt und wies die Wissenschaftlerin an: »Ich gebe Ihnen eine Woche, danach landet er in der Abfallgrube für fehlgeschlagene Versuche.« Die Rothaarige zupfte nervös an ihrem Laborkittel. »Das ist ziemlich kurz, finden Sie nicht, Sir?«, sagte sie kleinlaut. Ihr Chef schloss entnervt seine Augen, um sich selbst zu beruhigen. An seinem Hinterkopf pulsierte das Steuergerät, das Sam von der Begegnung aus dem Archiv kannte.

»Machen Sie Ihre Arbeit, anschließend vernichten Sie dieses Subjekt«, befahl er und ballte seine Faust.

»Jawohl, wird erledigt, Sir«, dabei salutierte sie genau wie die Wachen damals. *Wie unter Hypnose*, dachte sich Sam. Als der Mann gehen wollte, konnte Sam es sich nicht verkneifen, ihn herauszufordern. »Die Rebellen werden mich finden, und dann werde ich Sie eigenhändig töten für das, was sie Mike angetan haben.« Leo Adamo kontrollierte seine Manschettenknöpfe, grinste teuflisch in sich hinein und antwortete: »Damit rechne ich, ganz fest sogar!« Daraufhin begab er sich zur Glastür und raunte belustigt: »Wir werden den Ortungschip in Ihrem komischen Anzug aktivieren, dann finden Ihre Freunde den Weg schneller.« *Verdammt, er wird mich als Köder benutzen*, erkannte Sam. »Ms. Miller, eine Woche, danach will ich Ergebnisse sehen«, sprach der Weißhaarige zum Abschied und verließ den Raum. Die Forscherin lief eher gezwungen zu Sam, dabei holte sie eine Spritze aus ihrem Kittel. »Ich nehme Ihnen jetzt Blut ab, anschließend injiziere ich Ihnen ein Schlafmittel.« Als die Frau damit beschäftigt war, Blut abzuzapfen, konnte Sam an ihrem Namensschild die Worte *Cloe Miller* lesen. »Warum helfen sie so einem Psychopathen, Sie sind doch Ärztin, haben Sie keinen Eid abgelegt?«, fragte Sam sie. Cloe wirkte verunsichert, eine Weile stand sie regungslos da und starrte ins Leere. Sie schüttelte den Kopf, fasste sich an den Nacken und holte tief Luft. »Wir sind seine treuen Diener, er wird uns in ein besseres Zeitalter führen«, sagte sie mechanisch. Nun verabreichte sie Sam das Narkotikum. Mit ihrem Mund ging sie ganz nah an sein Ohr. »Machen Sie sich keine Gedanken, Sie sind sowieso schon so gut wie tot.«

Sie verließ das Zimmer, stellte außerhalb einen Wachposten auf und verschwand aus Sams Blickfeld.

»Mike! Hey, kannst du mich hören?«, rief er so leise wie irgend möglich. »Hallo, wer spricht da?«, gab dieser von sich und versuchte aufzustehen. Er wirkte verstört. Um nicht das Gleichgewicht zu verlieren, tastete er sich an der Wand entlang, an der er eine leichte Blutspur seiner verstümmelten Finger hinterließ.

»Ich bin es, Sam!« Mike stieß einen Schrei der Erleichterung aus, torkelte weiter in dem Zimmer herum und prallte gegen den Labortisch. »Verdammt, Sam, wo bist du?« Dieser hatte Mitleid mit seinem Freund, der nur noch ein Schatten seiner selbst war. *Der Parasit hat ihn zu einem Häufchen Elend verkommen lassen*, dachte er sich. Auf dem Tisch lagen verschiedene Utensilien, darunter auch etwas, das wie eine kleine, silberne Taschenlampe aussah. Sam erkannte es als Laser, womit man die Bauchdecke eines Menschen öffnen konnte. Der Roboter in der Bar hatte so etwas Ähnliches an seinen Armen, als er Mike verarztete. »Hör mir zu! Vor dir auf dem Labortisch liegt ein chirurgischer Laser, damit kannst du mich befreien.« Mike war jetzt ganz still, strich über die Arbeitsplatte, dadurch fielen einige Reagenzgläser auf den Boden und zerbarsten. Endlich glitten seine Finger über das stiftartige Gerät. Er nahm es in die Hand und schwankte in Richtung Sam, der ihm zuredete, damit Mike ihn orten konnte. »Gut so, du machst das großartig!« Nach einigen unbeholfenen Schritten stand Mike an der Stelle, wo Sam gefangen war. »Du musst meine Armschelle erfühlen und versuchen, sie mit dem Laser zu öffnen«, wies Sam ihn an. Der Blinde drehte instinktiv seinen Kopf zur Seite, um die Worte zu verstehen.

»Ich versuche es!«, gab Mike abgehakt zurück.

»Beeil dich, hörst du! Das Narkotikum zeigt langsam seine Wirkung«, drängte Sam.

Ihm wurde schon schummrig vor Augen. Mike fühlte Sams Arm und dann die elektronische Fessel.

»Ich glaub, ich hab's!«, sagte er undeutlich. Der Laserstrahl drang langsam in die Fessel ein, kleine Rauchfäden erhoben sich, der Geruch von schmelzendem Metall stieg Sam in die Nase. »Warte, das müsste genügen«, sagte er und stemmte sich mit letzter Kraft dagegen. Mit einem Krachen brach die Schelle auf, Sams Arm war frei. »Gib mir den Laser!« Mike drückte ihm das kleine Gerät in die Hand und ging unsicher einen Schritt zurück. Einige Sekunden später hatte Sam sich befreit. »Okay, ich hol uns hier raus, bevor sie die Falle für unsere Freunde zuschnappen lassen«, sprach er gehetzt. »Hoffentlich schaffst du es!«, sagte Mike tonlos. Er hatte alles mitangehört, als der Weißhaarige mit dem Designeranzug vorhin seine Ansprache gehalten hatte. Sam eilte zum Labortisch, er hatte Mühe, sich auf den Beinen zu halten. Bevor ihm die Augen zufielen, packte er sich die Adrenalinspritze und gab sich eine Dosis in den Oberarm. Keine Minute später war er wieder Herr seiner Sinne. Daraufhin begab sich Sam zur Glastür. Diese war schallisoliert. Der Wachposten hatte die ganze Zeit mit dem Rücken zu ihnen gestanden und daher nicht mitbekommen, was sich hinter ihm abspielte. Die Tür schob sich zur Seite, und bevor der Wachmann reagieren konnte, hatte Sam ihn überwältigt und bewusstlos geschlagen. Er sah in den Flur, der glücklicherweise leer war. Dann musterte er die Wache, zog sie nach innen und begann, ihr den Kampfanzug auszuziehen. »Das müsste ungefähr meine Größe sein«, sagte Sam. Nur die Schuhe waren zu klein, daher blieb er lieber barfuß. »Mike, bleib hier, ich hole dich, sobald die Luft rein ist.« Dieser hatte sich zwischenzeitlich wieder auf den Boden gesetzt und angefangen an seinem Arm zu nagen. Sam wollte schon nachgeben und ihn mitnehmen, aber das hätte wertvolle

Zeit gekostet. »Ich beeile mich!« Mit diesen Worten stürmte Sam in der Verkleidung eines Wachpostens ohne Schuhe aus dem Laborzimmer. Er schlich den Gang entlang, das Gewehr der Wache im Anschlag, und behielt die Umgebung im Auge. Nur war es merkwürdig, dass hier sonst kein Mensch unterwegs war. Im Vorbeigehen blickte Sam vereinzelt in die anderen Räume des Flurs, die eine Glasfront hatten. In einem saß eine junge Frau, mit zerzausten Haaren, wippend am Boden. Ihr Blick war nichtssagend, als wäre sie in einer anderen Welt. Auf dem Tisch neben ihr stand ein Behälter mit dem Symbol und der Aufschrift *Biological Hazard*, der aber leer war. Im nächsten Zimmer lag ein älterer Mann auf einer Pritsche, hatte Schaum vor dem Mund und hielt sich seinen Kopf. Auch hier stand ein geöffnetes Behältnis. *Die verabreichen den Leuten hier den Parasiten*, dachte sich Sam. Was er als Nächstes sah, schockierte ihn, und die Dringlichkeit, den Experimenten ein Ende zu machen, wurde ihm schlagartig bewusst. Auf einem Metalltisch unter einem Leichentuch schaute das aschgraue Gesicht eines kleinen Mädchens hervor. Ihre Augen waren geschlossen, sämtliches Leben war aus ihr gewichen. Ihr Haar, lang und blond, hing an den Seiten des Tisches herunter. Ihre Schädeldecke war in der Mitte geöffnet. In einer Metallschüssel auf einer kleinen Ablage waren Teile ihres Gehirns sorgfältig in Stücke geschnitten worden. *Sogar Kinder werden wie Laborratten für ihre Studien missbraucht.* Sam hasste den Gedanken und konnte es gar nicht abwarten, dem Verantwortlichen eine Kugel zu verpassen. Als er um die linke Ecke des Flurs bog, standen in einem riesigen, teils mit Säulen gesäumten Raum mindestens zwanzig bewaffnete Soldaten, sogar Leo Adamo war unter ihnen. Sie alle blickten nach draußen und schienen auf etwas zu warten. Im angrenzenden Zimmer hatten sich noch mehr Soldaten verbarrikadiert, darunter auch Ms. Miller. Sie schauten wie gebannt aus dem Fenster. Sam konnte alles durch die verglasten Türen sehen, bereit sofort in Deckung zu gehen, sollte sich einer von ihnen umdrehen. *Worauf zum Teufel warten die?* Er machte in gebückter Haltung zehn Schritte weiter, um einen anderen Blickwinkel zu bekommen. Nun erspähte er seinen Tarnanzug, der auf dem Boden lag und ein blinkendes Licht von sich gab. *Sie warten auf meine Kavallerie!,* dämmerte es Sam. Er schloss die Augen, mehrere mögliche Szenarien spielten sich in seinem Kopf ab. Wie konnte er verhindern, dass seine Freunde nicht im Kugelhagel starben? Sam suchte in den Zimmern nach Schwachstellen, aber zwanzig schwerbewaffnete Kämpfer waren kein Kinderspiel. Bevor er überhaupt den Hauch eines Plans hatte, schwirrte vor dem Fenster ein dunkelblauer Gleiter heran. Der athletische Chef in dem chinesischen Anzug wandte sich an seine Männer. »Wie berechenbar.« Er lachte höhnisch. »Holt sie vom Himmel!« Er schnippte mit den Fingern. Das Rattern von zwanzig Gewehrläufen ließ die Luft beben und die deckenhohen verspiegelten

Scheiben des Gebäudes in tausende Splitter bersten. Der vogelähnliche Gleiter wurde regelrecht auseinandergerissen. Der ganze Spuk dauerte nicht mal zwei Minuten. Es gab eine Explosion, und das Fluggerät stürzte, eine dicke Rauchwolke hinter sich herziehend, in die Tiefe. Gerade als Adamo entspannt auf die Tür zulaufen wollte, neben der sich Sam verschanzte, gab es eine zweite Explosion. Diese kam aus dem Zimmer, in dem sich Ms. Miller und die übrigen Soldaten aufhielten. Sie wurden durch die Druckwelle von den Füßen gerissen. Schreie mischten sich mit dem Lärm von Stein und Beton, der auf sie herabregnete. Aus der Staubwolke kamen fünf vermummte Gestalten, die sich Geiseln unter den Anwesenden nahmen. »Wo haltet ihr Sam gefangen!«, kam es sofort von einer der Personen, die offenbar das Kommando hatte. Der weißhaarige Chef mit seinen smaragdgrünen Augen, die keinerlei Furcht zeigten, stand langsam auf und klopfte sich in aller Ruhe den Staub von seinem maßgeschneiderten Anzug. Er richtete seine Krawatte und ignorierte die Frage vollkommen. Dann wandte er sich an seine Wachen, die sich schon wieder in Stellung gebracht hatten. »Tötet sie, schießt durch die Geiseln!« Cloe Miller, die ebenfalls als Geisel gehalten wurde, zog ein dünnes Skalpell hervor und rammte es der Gestalt hinter sich in den Oberschenkel. Diese schrie auf und lies Cloe los, die kleine Klinge fuhr daraufhin in den Unterkiefer des Vermummten. Mit einem Sprung schaffte es Miller, nicht von ihren eigenen Leuten erschossen zu werden. Zwei der Gestalten konnten sich ebenfalls in Sicherheit bringen, die anderen drei wurden mitsamt den restlichen Soldaten durchsiebt. Sam hatte dem Schauspiel beigewohnt wie ein Zuschauer in einem Theaterstück. Überall in dem Raum lagen Trümmer, die mit Blut und Eingeweiden überzogen waren. Eiskalt hatte ihr Chef sie hinrichten lassen, ohne mit der Wimper zu zucken.

»Verdammter Mist, wir müssen verschwinden!«, rief einer der Vermummten dem anderen zu. *Das ist die Stimme von Bruce.* Sam wurde hellhörig und sofort aktiv. Er sprang aus seiner Deckung, trat die Glastür ein und nutzte das Überraschungsmoment. Sechs Männer erschoss er, ohne dass sie es mitbekamen. Vier weitere starben, als sie sich zu Sam umdrehen wollten. Der Rest versuchte, irgendwo Deckung zu finden. Sie warfen Tische zur Seite, um sich zu verschanzen. Auch Bruce und die andere Person schossen aus ihren Ecken. Die Luft war mit Rauchschwaden von der Explosion und dem Salvenfeuer durchzogen. Der weißhaarige Mann aber befand sich nicht mehr in dem Raum. Er hatte zwei Wachmänner als Schutzschild benutzt, als Sam die Tür eingetreten hatte, und war nun verschwunden. Einer der Verhüllten nahm seine Maske ab, es war Evelyn. Sie blickte ungläubig zu Cloe, die hinter einem umgeworfenen Tisch hervorspitzte. »Ich dachte, du wärst tot, bist du es wirklich?« Doch Miller gab keine Antwort, sondern richtete eine Kanone von einer der getöteten

Wachen auf sie. Bruce gab einen Schuss ab und Cloe ging schnell in Deckung. »Eve, pass doch auf, verdammt!«, schimpfte Bruce. Evelyn verstand die Welt nicht mehr. Ihre beste Freundin war nicht nur am Leben, sondern wollte sie umbringen. Sie war völlig irritiert, sodass Bruce in dem Moment nur auf Sam zählen konnte. Dieser hatte hinter einer Säule Stellung bezogen und verhielt sich ruhig. »Worauf zum Teufel wartet ihr«, schrie Cloe aus ihrem Versteck. »Bringt die Bastarde um!« Ihr Befehl richtete sich direkt an das Wachpersonal. Sam beugte sich leicht nach rechts. Am Boden lagen die Soldaten, die er getötet hatte. An einem konnte er eine Brandbombe an dessen Gürtel ausmachen. Ein gezielter Schuss aus seiner Waffe, und plötzlich stand der Raum in Flammen. Die übrigen Soldaten schrien auf, ihre Körper standen lichterloh in Flammen. Der Gestank von brennendem Fleisch mischte sich mit dem Brandgeruch der Bomben. Die Sprinkleranlage wurde ausgelöst, der Boden wurde nass und an der Decke begann eine Absauganlage den Sauerstoff aus dem Raum zu ziehen. In diesem Fall half das nichts, da die Fenster alle zerschossen waren, sodass das Feuer durch die Luft von außen genährt wurde. Die übrigen Wachmänner brannten bei lebendigem Leib ab, wie Geburtstagskerzen. Cloes rechte Körperhälfte loderte, sie warf sich hin und her, um das Feuer zu ersticken. Sam nutzte die Gelegenheit, sprintete durch das Zimmer, packte sich den Tarnanzug, der immer noch auf dem Boden lag, und begab sich zu Evelyn. Die Splitter und

Glasscherben bohrten sich in seine Füße, aber er hatte keine andere Wahl, jederzeit konnte Verstärkung auftauchen. »Los, hauen wir ab, solange das Glück uns nicht verlässt!«, eilte Bruce und lief zu der Wand, die sie anfangs aufgesprengt hatten. Durch dieses riesige Loch konnte Sam einen zweiten Gleiter sehen, der bereits auf sie wartete. Alle drei bestiegen das Gefährt, in dem Ann saß.

»Das war ein guter Trick mit dem autonomen Gleiter«, sprach Sam etwas schmerzverzerrt.

»Natürlich haben wir die Räume gescannt, der Tarnanzug gab zwar ein Signal ab, aber fast dreißig Wärmesignaturen sind schon recht auffällig«, sagte Evelyn.

»Wir können noch nicht verschwinden, sie haben Mike.« Sam hob einen Fuß, um sich Glasscherben rauszuziehen.

»Beth meinte, er sei aus dem Gleiter gefallen und bei dem Aufprall gestorben«, sagte Evelyn und legte die Stirn in Falten.

»Nein, er lebt, jedenfalls halbwegs.«

Hinter ihnen, in dem Raum mit den toten Soldaten, fuhr ein Teil der Wand in den Boden und Leo Adamo tauchte mit Mike in seiner Gewalt auf. »Ihr habt einen von euch vergessen«, scherzte er mit gehässiger Stimme. Ann sprang, ohne nachzudenken, aus dem Gleiter. »Mike, ich komme«, schrie sie. Darauf hatte es der Mann im Designeranzug angelegt. Er zog seinen Revolver und

140

spannte den Hahn. Evelyn wollte sie abhalten, aber Ann rannte voller Verzweiflung zurück in das Zimmer, das einem Schlachtfeld glich. Ein Schuss. Genau zwischen die Augen. Ann kippte nach hinten und war sofort tot. »Ann, neeein!« Evelyn war drauf und dran, denselben Fehler zu machen und aus dem Gleiter zu stürzen. Sam packte sie am Arm, »Er will uns ködern, merkst du das nicht?« Der Weißhaarige hob Mikes Kopf, dabei hielt er ihm den Revolver unter das Kinn. »Na, was ist? Kommt und holt ihn euch.« Bruce presste sich an die Wand des Gleiters.

»Wir müssen ihm helfen!«, schrie Evelyn fassungslos. Doch sobald sie aus dem Fluggerät gestiegen wäre, hätte sie die perfekte Zielscheibe abgegeben.

»Bleibt hier! Ich versuche es allein«, rief Sam, warf eine Rauchgranate, nahm ein Gewehr aus dem Waffenständer des Gleiters und sprang zurück in das Gebäude. Hinter Tischen und Trümmerteilen suchte er Schutz, um sich nicht eine Kugel einzufangen. Er wusste aber, dass er mehr einstecken konnte als seine Freunde. Schüsse wurden aus dem Revolver abgegeben, trafen durch die Wolke der Bombe aber ins Leere.

»Ihr dreckigen Rebellen, ich erwische euch alle!« Adamo keifte und schoss wild um sich. Bruce und Evelyn wollten Sam Feuerschutz geben, schossen aber absichtlich daneben, um Mike nicht zu treffen. Als Sam sich zur nächsten Deckung vorgearbeitet hatte, um den Weißhaarigen ins Visier zu nehmen, stand an der Fensterseite Cloe auf. Ihre rechte Körperhälfte und ihr halbes Gesicht hatten schwere Verbrennungen erlitten. Sie zitterte, wirkte benommen, dennoch wedelte sie mit einer Pistole herum. »Dafür werdet ihr bezahlen.« Cloe zielte erst auf den Gleiter, dann schwenkte sie in die Richtung, wo sie Sam vermutete. Aber schlussendlich wendete sie sich ihrem Boss zu, hielt die Waffe direkt auf ihn. »Was soll das werden, Schätzchen?«, blaffte er sie an. »Schluss mit den Spielchen«, würgte sie hervor, dann drückte sie den Abzug. Die Kugel durchschlug Mikes Brust, er sackte in sich zusammen und sein Körper erschlaffte. Evelyn kam das alles surreal vor, hatte sie doch mit Cloe früher Seite an Seite gegen die Stadtregierung gekämpft. Sam lag noch immer am Boden, im Schutz einer durchlöcherten Säule. Er konnte nicht weiter, da Cloe ihn aus einem anderen Winkel ins Visier nehmen konnte. Das Getöse schwerer Militärstiefel näherte sich dem Raum.

»Meine Leute werden euch den Rest geben, wenn ihr euch noch einen Moment gedulden würdet«, und Adamo lachte grausam. Bruce biss die Zähne zusammen: »Sam! Wir müssen abhauen, heute leben, morgen kämpfen.« Widerwillig gab Sam ihm recht. Sollten die Wachmänner durch die Glastür kommen, würde er mit ziemlicher Sicherheit sterben. Evelyn warf zwei Rauchbomben, als sich die Tür öffnete. Es waren nicht nur Soldaten, sondern zusätzlich zwei Wolfsroboter, die als Verstärkung anrückten. Nach den Detonationen wurde das Zimmer erneut in eine schwarze Dunstwolke gehüllt.

Sam sprang auf seine Füße und rannte auf den Gleiter zu. Hinter ihm bezogen die Wachmänner Stellung und feuerten blind in die Rauchschwaden.

»Dreh den verdammten Gleiter aus der Schusslinie!«, befahl Evelyn dem Mann am Steuer. Das dunkelblaue Fluggerät schwenkte nach unten, wodurch Sam nichts anderes übrigblieb, als aus dem Gebäude zu springen. Im Sturzflug konnte er sehen, dass sie zehn Stockwerke über der Straße waren. Er prallte hart auf dem Dach des Gleiters auf, rollte unfreiwillig rückwärts und erwischte im letzten Moment eine der Finnen, die darauf montiert waren.

»Gut festhalten, mein Freund«, rief Bruce aus der Kabine unter ihm. Einer der Soldaten kniete sich an das Loch, das die Rebellen in die Wand des Gebäudes gesprengt hatten, und nahm den Gleiter mit einer Art Raketenwerfer aufs Korn. Sam versuchte, näher in die Mitte des Daches zu kommen, um nicht abzufallen. Auf ein lautes Zischen folgte eine Explosion am Heck, und das Fluggerät geriet ins Trudeln. Der Pilot versuchte, den Sidestick im Griff zu behalten. »Alle Mann festhalten!« Der Gleiter wirbelte fortwährend um die eigene Achse, bis über die Stadtmauer hinweg. Sam konnte sich während des Sturzfluges gerade so weiterhin festkrallen, ein normaler Mensch wäre längst durch die Rotation abgeworfen worden. Dann verschwand das Gefährt im Wald. Adamo hatte sich zu seinem Soldaten gesellt, der die Rakete abgefeuert hatte. »Problem gelöst«, sprach er überzeugt. Er verschränkte seine Arme hinter dem Rücken und lief gemütlich durch den Raum, wobei er über die Leichen stieg, als wären sie nicht da. Cloe saß auf einer umgestürzten Säule, dabei hatte sie Mühe, nicht bewusstlos zu werden. Sie weinte und würgte, weil sie ihr eigenes verbranntes Fleisch roch. »Beseitigt dieses Chaos und verarztet Ms. Miller«, wies Adamo seine Leute an. »Haben Sie dem Patienten namens Sam Blut abgenommen?«, wollte er im Vorübergehen von Cloe wissen. »Ja, äh ja, natürlich«, stammelte sie. »Sehr gut, das wird meinen Plan voranbringen.« Der weißhaarige Mann wischte sich über den Anzug, tätschelte einem der beiden Wolfsroboter den Kopf und verließ zufrieden das Trümmerfeld.

11

Die Stille, die im dichten Wald herrschte, wurde jäh durch den Aufprall des dunkelblauen Gleiters unterbrochen. Durch das Rotieren bohrte sich der Flieger wie ein Tornado durch das Dickicht. Äste und Buschwerk wurden abgerissen, kleinere Bäume wie Streichhölzer umgeknickt. Bis der Gleiter schließlich an einer gewaltigen Eiche hängen blieb. Deren majestätische Krone fing das rauchende Fluggerät auf, ohne dass sich der Stamm bewegte. Sam hatte sich während des Absturzes erstaunlicherweise auf dem Dach festhalten können, was ihn alle Kraft gekostet hatte. Durchgeschüttelt und angeschlagen zog er sich an den Rand des Gleiters. Dabei kippte die Maschine leicht zur Seite. Es hing vierzig Meter über dem mit Blättern und Ästen bedeckten Waldboden. Sam erkannte die Situation sofort, daher vermied er es vorerst, ruckartige Bewegungen zu machen. »Seid ihr verletzt?«, fragte er auf eine Antwort hoffend.

»Nein, wir wurden zwar durcheinandergewirbelt, aber an uns ist noch alles dran!«, gab Bruce zurück und schritt auf die Tür zu. Dabei sackte der Gleiter zwei Meter nach unten ab und blieb erneut an einer Astgabel hängen.

»Keiner bewegt sich!«, instruierte Sam. »Wir befinden uns in einer alten Baumkrone, es geht verdammt weit runter«, versuchte er die Lage zu beschreiben. Evelyn kroch auf allen vieren, fast in Zeitlupe, auf Bruce zu. Sie sah aus dem Gleiter und raunte scherzhaft: »Eine falsche Bewegung, und wir kommen schneller runter, als uns lieb ist.« Wieder knarzte es, die Maschine drehte sich um 45 Grad, sodass die Öffnung fast nach unten zeigte. Bruce und Evelyn lagen jetzt auf der Seite des Gleiters, sie wagten es nicht zu atmen.

»Habt ihr zufällig ein Seil dabei?«, rief Sam ihnen zu. Er hatte sich aus der misslichen Lage befreien können, indem er gerade noch nach einem der Äste gegriffen hatte, als das Fluggerät soeben plötzlich rotiert war.

»Ja, neben dem Waffenständer!«, sagte Bruce vorsichtig, als würde allein die Bewegung seines Brustkorbes den Sturz heraufbeschwören. Sam kletterte geschickt in der Baumkrone auf einem massiven Ast entlang, immer darauf bedacht, die Äste nicht zu berühren, die den Gleiter hielten. Seine Füße schmerzten nicht mehr, barfuß hatte er sogar besseren Halt auf dem Baum. Er ging in die Hocke, um in das Cockpit zu sehen. Der Pilot hatte bis jetzt keinen Ton von sich gegeben. »Evelyn! Unser tollkühner Flieger hat es bedauerlicherweise nicht geschafft!«, schrie Sam in einem traurigen Ton. Dies war milde ausgedrückt, die Fensterscheiben waren vollkommen zersprungen, der Körper des Piloten war mit Glasscherben gespickt, ein armbreiter Ast hatte ihn aufgespießt. Der Wind rüttelte an den Ästen des Baumes. Nicht mehr lange, und der

146

Gleiter würde durch die Astgabel rutschen. »Ihr müsst euch beeilen, viel Zeit bleibt euch nicht!« Sam biss die Zähne zusammen und versuchte, wieder näher an die Tür zu kommen. Evelyn warf einen hastigen Blick zum Waffenständer, neben dem aufgewickelte Seile hingen. Diese waren aus Kevlar gefertigt und hatten schon gute Dienste in verschiedenen Einsätzen geleistet. »Bruce, schaffst du es, an ein Kevlarseil zu kommen?« Dieser schluckte, wusste aber, dass sie irgendetwas unternehmen mussten, da der Gleiter auch ohne ihre Bewegungen in die Tiefe stürzen würde. »Okay, ich versuche es.« Er begann an der Wand entlangzurutschen. Es knirschte, die Nase des Fluggeräts mit dem Cockpit kippte nach vorne. Sam wurde auf seinem Ast nervös, konnte aber nur warten, bis sie ihm endlich ein Seil zuwarfen. Bruce streckte seine Hand aus, nicht mal eine Armlänge trennte ihn von den Kevlarseilen.

»Na los, mach schon!«, drängte Evelyn ihn zur Eile.

»Nicht so hastig, ich will nicht für deinen Tod verantwortlich sein.« Bruce schnitt eine Grimasse, hielt den Atem an und gab sich einen letzten Ruck. Sam sah, wie der Gleiter langsam, aber sicher durch die Astgabel glitt. Evelyns Herz klopfte wie wild. Sie spürte, wie sich die Maschine bewegte. Bruce hielt das rettende Seil in der Hand, rollte es ab und warf ein Seilende durch die Türöffnung. Das andere Ende schmiss er Evelyn zu und klammerte sich selbst in der Mitte fest. »Los Sam!« Dieser hechtete so schnell nach vorne, dass das Geäst wippte, wodurch der Gleiter nun restlos seinen Halt verlor. Sam bekam das Kevlarseil zu fassen und sah, wie das Fluggerät durch krachendes Geäst in die Tiefe stürzte. Seine beiden Freunde sprangen gerade so heraus und baumelten am anderen Ende des Seils in der Luft. Der Gleiter knallte auf den Waldboden, es gab einen hohlen, dumpfen Ton, als sich der Rumpf verbog und das Fluggerät in zwei Teile gerissen wurde.

»Das war haarscharf«, stellte Sam ächzend fest und verkeilte seine Beine in den Ästen, um das Gewicht stemmen zu können. Bruce sah bestürzt nach unten. »Ja, beinahe wären wir zerquetscht worden wie zwei reife Früchte!«

»Beweg dich, Sam hält uns nicht den ganzen Tag fest«, befahl Evelyn.

»Wenn du nur wüsstest Eve, denn das könnte er allerdings«, entgegnete Bruce. Nachdem er nach oben geklettert war, half er Sam, seine Anführerin auf den Baum zu ziehen. Als Evelyn sicheren Halt gefunden hatte, hob sie ihren Kopf und blickte zum ersten Mal in Sams blaue Augen. Ein warmes Gefühl der Zuneigung und der Vertrautheit machte sich in ihrem Körper breit. So etwas hatte sie seit Jahren nicht mehr gespürt. Ein Kribbeln in ihrer Magengegend ließ sie für den Augenblick sprachlos werden. Auch Sam war gebannt von der jungen Schönheit und vergaß, dass sie sich in vierzig Metern Höhe auf einem dicken Ast befanden. Bruce unterbrach die Stille, ohne von der Anziehung, die zwischen den beiden herrschte, Notiz zu nehmen. »Da der Gleiter nicht vollkommen ausgebrannt ist, sollten wir zusehen, dass wir hier runterkommen, um die Sachen zu bergen, die noch was taugen«, sagte er und suchte bereits gedanklich einen Weg vom Baum. Evelyn drehte ihren Kopf langsam zur Seite, ohne den Blick von Sam abzuwenden. »Ja, das sollten wir«, gab sie etwas geistesabwesend zurück.

»Hallo Eve, schön, dich endlich kennenzulernen«, sagte Sam, dabei kniff er ein Auge zusammen, weil er wusste, dass dies nicht der idealste Zeitpunkt war, sich einander vorzustellen.

»Ich habe schon erstaunliche Geschichten über dich gehört«, antwortete Evelyn, dabei legte sie lächelnd ihren Kopf schief.

»Bruce hat recht, wir müssen erst mal von diesem Baum runter«, lenkte Sam von sich ab. Er musterte das Seil und schätzte, dass es circa zehn Meter zu kurz war. »Von hier aus können wir uns nicht abseilen, aber weiter unten sollte es klappen.« Die anderen beiden nickten zustimmend. Vorsichtig begann Bruce, in die Mitte des Baumes zu klettern. Ihm folgte Evelyn, danach Sam, der inzwischen das Seil aufgewickelt und geschultert hatte. »Siehst du den massiven Ast ungefähr dreißig Fuß unterhalb von dir?«, fragte Sam. Bruce wollte gerade am Stamm nach unten klettern. »Ja, sehe ich!« Er versuchte, so ruhig wie möglich zu klingen, aber Sam hatte noch genau vor Augen, wie Bruce auf der Brücke vor dem

Stadtarchiv reagiert hatte, als sie direkt hätten springen sollen.

»Nur die Ruhe, sieh nicht ständig nach unten.«

»Es gibt genug Äste, an denen wir uns festhalten können«, fügte Evelyn an. Als sie auf dem dicken Ast standen und Sam das Seil festgemacht hatte, seilten sie sich zum Gleiter ab. Der Qualm aus dem hinteren Teil der Maschine trieb ihnen Tränen in die Augen, während sie ihre Sachen zusammensuchten. Sam nahm sich die Stiefel des Piloten, und konnte seinen Tarnanzug retten. In dem sich glücklicherweise, in einer versteckten Tasche, noch die Glasscheibe mit der vermeintlichen Nachricht befand. Seine Freunde holten ihre Rucksäcke und Waffen aus dem Wrack. Durch die Rotation beim Absturz hatte sich das Feuer, das durch die Rakete verursacht worden war, zum Glück nicht weit ausbreiten können. Nun mussten sie einen Weg zurück ins Rebellenlager finden. Evelyn holte eine weiße Scheibe aus ihrem Rucksack hervor, die einem Eishockey Puck glich. »Mein Kompass wird uns den richtigen Weg weisen«, sagte sie, dann drückte sie einen Knopf an der Seite. Über dem Gegenstand erschien eine gelbe holografische Karte. Ein grüner Punkt blinkte in der Mitte auf. »Hier sind wir.« Dabei zeigte Evelyn mit dem Finger in das Hologramm. Am Rand konnte Sam die Himmelsrichtungen sehen, die als blaue Pfeile dargestellt wurden. Evelyn wischte über die Karte, um das Lager zu lokalisieren. Sie setzte eine Markierung, daraufhin berechnete der Kompass den kürzesten Weg durch den Wald. Das Ziel war rot markiert, eine Zeit von vier Stunden wurde über dem Laufweg angezeigt.

»Sieht doch nicht schlecht aus, marschieren wir los«, meinte Bruce ungeduldig.

»Nicht so hastig! Was ist das?« Sam deutete auf ein Objekt, das nicht zum Rest der Landschaft passte. Evelyn holte Luft und sprach: »Das ist eine alte Hängebrücke für Fahrzeuge, die wir überqueren müssen, um über die Meerenge zu kommen. Unter Umständen könnten sich dort Ausgestoßene oder Infizierte rumtreiben.« Sam machte ein erstauntes Gesicht. »Ich dachte, außerhalb der Städte leben keine Menschen?« Evelyn gab zu, dass einige Leute es sehr wohl vorzogen, ihr Glück in der Natur zu versuchen, wobei sie fast immer mit dem Parasiten in Kontakt kamen, da sie nicht über die erforderlichen Kenntnisse verfügten.

»Wir müssen bei der Überquerung sehr vorsichtig sein«, sagte Evelyn.

»Warum nehmen wir keine alternative Route?«, schlug Sam vor.

»Leider ist die Brücke die einzige Möglichkeit, um einen Umweg zu vermeiden.« Evelyn verkleinerte die Karte. Sam konnte sehen, dass ihnen sonst nur die entgegengesetzte Richtung blieb, und dafür müssten sie die ganze Stadt umrunden.

»Dann wollen wir mal!«, forderte Bruce die beiden auf und lief voraus. Auf ihrem Marsch durch den Wald unterhielten sich Sam und Evelyn angeregt miteinander. Er erzählte ihr seine Version des Erlebten, von seinem Moment, als er ohne jegliche Erinnerung erwachte, von der umwickelten Notiz und der Glasscheibe, bis zu den Experimenten, die sich im Labor mit dem Parasiten ereignet hatten. Evelyn hörte gespannt zu und fühlte sich in Sams Gegenwart ungewohnt geborgen. »Ich weiß nicht, was mit – *Er ist der Schlüssel* – gemeint sein könnte, aber diese Botschaft kann eigentlich nur von meinem Stiefvater stammen«, schlussfolgerte Evelyn. Bruce bekam das Ganze nur beiläufig mit, da er immer ein paar Meter weiter vorne spazierte. Sam erfuhr anschließend von Evelyn, was sich aus ihrer Sicht seit der Machtübernahme durch Leo Adamo in der Stadt alles verändert hatte. Als sie ihm sagte, woran Dr. Spike gearbeitet hatte, hatte er das seltsame Gefühl, dabei gewesen zu sein. Verzerrte Erinnerungen schossen ihm wie wild durch den Kopf. »Erzähl mir mehr über deinen Stiefvater«, unterbrach Sam sie. Evelyn wollte gerade damit anfangen, als Bruce stehenblieb und sich zu ihnen umdrehte. »Ich möchte euren Plausch nicht unterbrechen, aber da vorne endet der Wald.« Sam und Evelyn wurden sofort hellhörig, da sie nun über die Brücke mussten. Am Waldesrand hielten sie geduckt inne. Vor ihnen spannte sich die verfallene Autobahnbrücke auf die andere Seite. Der Asphalt war zum größten Teil aufgebrochen, alle möglichen Pflanzen hatten sich um rostige Autowracks und am patinagrünen Geländer breitgemacht. Riesige

Löcher klafften in der Mitte, ein paar schwarze Krähen blickten von mit Moos bewachsenen Laternenmasten auf den Weg. Die Stahlseile der Brücke waren über die Jahrzehnte durch eine Mischung aus Regenwasser und ätzenden Vogelexkrementen stark angefressen worden. Lange würden sie das Gewicht der Brücke nicht mehr halten können, dann würde sie in sich zusammenstürzen. Eine dicke Nebelbank, die die Brücke einhüllte, ließ die Atmosphäre gespenstisch wirken. Alle drei näherten sich dem ersten Wrack, wobei Sam seine Freunde mit einem unsanften Ruck nach unten zog.

»Hey, was machst du?«, schrie Bruce, bevor ihm Sam den Mund zuhielt.

»Die Krähen, oben auf den Laternen, haben irgendjemanden im Auge.« Evelyn wagte einen kurzen Blick durch die fensterlosen Fahrzeugtüren. »Ich erkenne nichts, die Vögel sind zu weit entfernt.« Bruce legte ihr eine Hand auf die Schulter: »Glaub mir, der Typ hört, sieht und riecht besser als ein normaler Mensch. Wenn er der Meinung ist, dann stimmt es.« Sam suchte eine Möglichkeit, weiter vorzurücken. »Wir können uns von einem Autowrack zum nächsten bewegen oder zurück in den Wald gehen«, fasste er die Situation zusammen. Mit ihrem Gewehr im Anschlag flüsterte Evelyn: »Also weiter vorwärts, wir haben die Stadt überlebt, ein Rückzieher kommt nicht infrage!« Bruce hob die Augenbrauen und lächelte in sich hinein. »Immer noch so ungestüm wie früher«, und entsicherte seine Waffe. Sie näherten sich einem alten, gelben Schulbus. Der Rost hatte das halbe Dach weggefressen, was bei der salzhaltigen Luft und den vergangenen Jahrzehnten nicht weiter verwunderlich war. Kurz bevor sie an dem Bus ankamen, konnte Sam ein Klappern vernehmen.

»Hört ihr das auch?«, fragte er.

»Ja, ein unregelmäßiges Klopfen wie auf Metall«, erkannte Evelyn. Bruce horchte hin. »Vielleicht nur der Wind, der eine Autotür zuschlagen lässt?«, mutmaßte er. Sam schüttelte den Kopf und signalisierte den beiden, still zu sein. »Das ist kein Windstoß, das sind Morsezeichen.« Kaum hatten sie hinter dem Bus Stellung bezogen, hörten sie erneut das Klopfen.

»Was machen wir jetzt?«, wollte Bruce wissen und trommelte mit den Fingern auf seiner Waffe. Evelyn ging neben der Hinterachse des Busses in die Knie. »Vorerst in Deckung bleiben, schätze ich!« Auf der Brücke war es wieder still, kein Klopfen mehr, nur das Gekreische der Krähen, als sie davonflogen. Ein Schuss durchschmetterte wie ein Donnerschlag die Stille und eine Kugel bohrte sich neben dem Schulbus in den Asphalt. Sam zog sich mit den Händen an eines der kaputten Fenster des Wagens hoch. »Der Nebel ist zu dicht, als das ich einen Schützen ausmachen könnte.« Plötzlich hörten sie eine tiefe Stimme rufen: »Kommt mit erhobenen Händen raus oder ich eröffne das Feuer!« Die drei Freunde wogen ihre Chancen ab, aber da sie nicht wussten, wer oder wie viele auf der Brücke waren, taten sie vorläufig nichts.

»Ich habe euch gewarnt!«, flüsterte Evelyn. »Außerhalb von *New Traiana* treibt sich übles Gesindel rum.« Alle drei verharrten regungslos, bis die Stimme ihnen erneut etwas zurief: » Ich bin Bill Foster. Ich habe die Rauchfahne im Wald gesehen. Ich brauche nur etwas Wasser, dann dürft ihr passieren. Habt ihr welches bei euch?«, fragte er jetzt sanfter auf eine Antwort hoffend. Bruce schlich sich vom Bus weg und hechtete hinter einen halb zerfallenen, roten Minivan.

»Wenn nur nicht dieser verdammte Nebel wäre!«

»Wir müssen etwas antworten, er weiß sowieso, dass wir hier sind«, sagte Evelyn. Sam überlegte kurz, dann duckte er sich zu ihr runter: »Versuch ihn in ein Gespräch zu verwickeln, ich pirsche mich weiter vorwärts, um die Lage auszukundschaften. Wir haben keine Ahnung, ob es wirklich nur ein Kerl ist oder mehrere, die uns in eine Falle locken wollen.« Evelyn nickte und improvisierte eine Geschichte, damit Sam die Möglichkeit hatte vorzurücken. Bruce hielt hinter dem Minivan die Stellung. »Wir sind zwei Piloten, unser Gleiter ist tatsächlich im Wald abgestürzt …«, fing sie zu erzählen an. Während sie dem Unbekannten ihre Erlebnisse schilderte, robbte Sam auf dem mit Gras und Pflanzen überwucherten Asphalt vorwärts und richtete sich hinter einem weißen Toyota auf, der mit seiner Motorhaube in einem tiefen Spalt der Brücke steckte. Evelyn redete indes weiter.

Dieser Foster denkt vermutlich, er hätte leichtes Spiel, da er es mit einer verletzten Frau zu tun hat. Oder er nutzt ebenfalls die Gelegenheit, seine Leute in Stellung zu bringen, malte sich Sam aus. Durch das Heck des Wagens konnte er einen Schatten ausmachen, der halb sichtbar hinter dem Fundament einer Pylone der Brücke stand. Viel zu weit von der Stelle entfernt, von der Bill Foster zu ihnen gesprochen hatte. *Wie ich es mir dachte, der Kerl ist nicht allein.* Sam nahm sich einen Stein, und warf ihn zwischen ein verrostetes Motorrad und einen alten, blauen Pick-up, dessen Ladefläche mit Schlingpflanzen übersät war. Diese wuchsen von der Brüstung her, als wollten sie ihn irgendwann in die Tiefe ziehen. Der Schatten verkleinerte sich und huschte dorthin, wo der Stein aufgeschlagen war. Sam sprintete, so schnell er konnte, hinterher, immer darauf bedacht keinen Lärm zu machen. Das Moos auf der Brücke vereinfachte die Sache erheblich. Als er nah genug war, und der Nebel sich an der Stelle lichtete, sah er einen kleinen Mann in einer abgewetzten Jeansjacke. Er hatte braune Stiefel an, die so abgetreten waren, dass vorn seine Zehen rauslugten. Auf seinem Rücken trug der Kerl ein Gewehr mit sich. Ein Scharfschützengewehr der SRS Serie, schwarz, verdreckt und scheinbar halbwegs brauchbar, dennoch fehlte das Zielfernrohr. *Dann war das vorhin am Schulbus ein Schuss ins Blaue,* rekonstruierte Sam. Der Typ kroch auf allen vieren, um auch unter dem Pick-up nachsehen zu können. Ohne zu ahnen, dass hinter ihm Sam seine Chance ergriff. Mit bloßen Händen umfasste dieser den Hals des Mannes, drückte ihm dabei sein Knie in den Rücken und presste ihm die Luft aus den Lungen. Der kleine Kerl röchelte und streckte eine Hand aus, als wolle er jemanden zuwinken. Nach ein paar Minuten sank er bewusstlos zu Boden. Evelyn hatte ihre Geschichte gerade beendet, als sie rief: »Wie geht's jetzt weiter, Mr. Foster?« Eine Zeit lang herrschte wieder unangenehme Stille. »Kommt doch bitte raus! Ich werde euch kein Haar krümmen, jetzt da ich weiß, dass ihr zwei verletzte Piloten seid«, versuchte Bill Foster, freundlich zu klingen. Offenbar hatte er die Story von Evelyn geschluckt. Ein kurzes Pfeifen in seiner Nähe ließ ihn aufhorchen, dann schrie er: »Joe bist du das? Du hast uns gerade verraten, du dummer Hund!« Dann hörte er eine Stimme, die ihm nicht vertraut war. »Dein Freund schläft sich aus!« Daraufhin schoss Bill Foster um sich. »Ihr miesen Schweine, ihr habt mich reingelegt!«, jammerte er voller Zorn. Als sein Magazin leer war und nur noch das Klicken des Abzugs zu hören war, nutzten Evelyn und Bruce die Gelegenheit und schlossen zu Sam auf. Am Boden lag der Kerl, der offenbar Joe war.

»Hast du ihn umgebracht, Sam?«, fragte Evelyn vorwurfsvoll. Bruce prüfte den Puls des kleinen Mannes. »Nein, natürlich nicht! Er ist nur bewusstlos, beruhigte Sam sie. Vor ihnen hörten sie metallene Geräusche, irgendetwas kam jetzt näher. »Ihr habt es nicht anders gewollt. Schnapp sie dir!«, schrie Foster mit heiserer Stimme. Aus der Nebelbank kam ein Roboter auf die drei

157

Freunde zu. Er wirkte alt und ausrangiert, dennoch könnte er zum Problem werden. Mit einer steifen Handbewegung stieß der Android das verrottete Motorrad zur Seite, als wäre es ein Kinderdreirad.

»Lasst mich das erledigen!«, wollte Bruce lässig wirken und visierte den Kopf des Roboters an. Sam drückte den Lauf des Gewehrs seines Freundes zur Seite. »Spar dir die Munition«, sagte er ruhig und stellte sich dem Androiden entgegen. Dieser versuchte Sam zu packen, der duckte sich aber gerade rechtzeitig weg und verpasste dem Roboter einen kräftigen Fußtritt gegen den Brustbereich. Der Roboter flog zum Erstaunen von Evelyn drei Meter nach hinten und blieb regungslos liegen.

»Okay, Bill! Du hast uns. Pfeif deine Blechdose zurück und lass uns verhandeln!«, versuchte Sam ihn zu täuschen. Ein dicklicher Mann in einem Trenchcoat kam angerannt, im Glauben die Situation unter Kontrolle zu haben. Ein dunkelbrauner Hut wippte auf seinem Kopf auf und ab. Das Gesicht des Mannes war verdreckt. Seine Augen waren blutunterlaufen und stark gerötet. Offenbar hatte er sich vor einigen Wochen mit dem Parasiten infiziert, fiel Evelyn anhand dieses Merkmals auf. Er wirkte wie die schlechte Version eines Detektivs aus Filmen der 1930er. »Was um alles in der Welt«, brüllte Bill Foster, als er den Androiden am Boden liegen sah. Er rückte sich die Krempe seines Huts aus dem Gesicht und zielte mit einem alten Sturmgewehr auf Sam. »Wer zum

Geier seid ihr drei!?« Dabei entblößte er seine fauligen Zahnstummel und sein Doppelkinn wippte wie die Schallblase eines Frosches.

»Das spielt keine Rolle. Wir wollen lediglich über diese Brücke«, machte Evelyn ihm selbstsicher klar, da sie wusste, dass sein Magazin leer war. Der alte Foster senkte seine Waffe, sah zu seinem Kumpel am Boden und murmelte: »Okay, ihr dürft weiterziehen, aber dass ihr hier ja nie wieder aufkreuzt.« Wie ein geschlagener Hund ließ er die drei passieren, bückte sich zu seinem Freund am Boden und versuchte, ihn aufzuwecken.

»Hauen wir ab, bevor der Kerl am Ende doch noch durchdreht«, forderte Bruce seine Freunde auf.

»Er muss sich vor ein paar Wochen mit dem Parasiten infiziert haben. Die Symptome sind unverkennbar«, sagte Evelyn. Gerade als die drei dem alten Bill den Rücken kehrten, um über den Rest der Brücke zu gelangen, zog dieser ein Messer aus seinem Stiefel. »Mieses Pack, einer von euch muss dran glauben!« Doch Evelyn hatte so eine Kurzschlussreaktion vorausgeahnt. Sie machte einen Schritt nach hinten, duckte sich genau in dem Augenblick, als der dicke Foster ihr das Messer in den Rücken rammen wollte und holte ihn von den Füßen. Sie entwaffnete ihn und mit den Schlingpflanzen, die über dem blauen Pick-up wucherten, schnürte sie ihm Arme und Beine zusammen. Bill Foster schrie und zappelte wie ein Fisch, wodurch sein Kumpel Joe wieder zur Besinnung kam. »Was ist passiert?« Er stöhnte und rieb sich seinen Hals.

»Los, erschieß sie, mach schon Joe!«, keifte Bill. Sein Kumpel in der Jeansjacke, noch halb benommen, stützte sich an dem Pick-up ab, um aufzustehen. Der leichte Druck seines Körpergewichts war das Zünglein an der Waage gewesen, denn plötzlich kippte der verfallene Pick-up zur Seite über die Brücke. Die Brüstung war an der Stelle schon lange weggebrochen. Dummerweise waren die Schlingpflanzen, die Evelyn als Fesseln zweckentfremdet hatte, teilweise mit dem Auto verwachsen. Der Pick-up stürzte von der Brücke und riss den alten Bill mit sich in die Tiefe. Sein Kumpel Joe konnte ihn nicht mehr rechtzeitig zu fassen bekommen und starrte hinterher. Bruce schulterte seine Waffe, als der Spuk vorbei war. »Lasst uns endlich abhauen!« Sam eilte indessen zu dem Roboter, den er vorhin mit dem Fuß getreten hatte. Der Android lag am Boden, seine Augen zuckten hin und her. »Hab ihn besser erwischt als gedacht«, sagte er. Evelyn lief zu Sam und kniete sich vor dem Androiden auf die Straße.

»Vielleicht können wir ihn umprogrammieren, ist ein altes Modell«, schlug sie den beiden vor.

»Gute Idee Eve, aber wer soll ihn bis ins Rebellenlager tragen?«, entgegnete Bruce und verschränkte die Arme vor der Brust.

»Ich natürlich.« Sam zwinkerte und lud den Roboter auf seine Schultern, als wäre er aus Pappe.

»Das wäre geklärt. Weiter geht's, ich hab von der

ganzen Aufregung Hunger bekommen.« Bruce drängte zur Eile und rieb sich den Magen. Sam und er marschierten los, um von der Brücke zu kommen. Evelyn stand noch einige Sekunden allein da, warf einen Blick auf Joe, der noch immer fassungslos über den Brückenrand stierte. Seine Augen wiesen die gleichen Symptome auf, wie die des alten Bill. Sie seufzte schwer, da sie wusste, dass man dem Mann nicht mehr helfen konnte und machte sich daran, ihre Freunde einzuholen.

12

Akeno lief aufgeregt vor dem Rebellenlager hin und her. *Wo bleiben sie bloß?*, dachte er sich. Er sah zum Horizont, beobachtete die rotglühende Sonne, die dort unterging und dabei ihre letzten Strahlen der kommenden Nacht entgegenwarf.

»Hier steckst du!«, rief ihm Beth vorwurfsvoll zu und riss ihn aus seinen Gedanken.

»Ich musste an die frische Luft, das Warten in dem Kommandoraum machte mich nervös.«

»Unsere Techniker haben immer noch keine Nachricht von ihnen. Laut den GPS-Koordinaten befindet sich der Gleiter irgendwo im Wald«, klärte Beth ihn auf.

»Ja, das war vor fünf Stunden schon der Fall«, gab Akeno unbeeindruckt zurück. Seine Schwester legte ihm eine Hand auf die Schulter. »Wir haben keine Gleiter mehr, ich könnte mit einem der GOT's rausfahren.«

»Bei Nacht ist es zu gefährlich, dort draußen könnten Ausgestoßene oder Infizierte lauern.« Beth ließ enttäuscht von ihrem Einfall ab. »Aber irgendetwas müssen wir doch machen können?« Akeno stierte in den Wald, als würde ihm dann eine Idee kommen. Zwischen den Bäumen konnte er plötzlich Bewegungen ausmachen. »Los rein, Beth, ich glaube, wir bekommen Gesellschaft!«, befahl er seiner Schwester. Diese blieb wie angewurzelt stehen, als im Zwielicht drei Gestalten aus dem Wald auf die Lichtung traten. Akeno hatte seine Pistole aus dem Halfter genommen und sie hinter dem Rücken versteckt.

»Hallo Leute, bitte nicht schießen, wir sind es!«, schrie Bruce den beiden zu, während er mit den Armen fuchtelte.

»Du kannst ihm einen Warnschuss ins Bein geben, Akeno«, feixte Evelyn. Sie und Sam sahen sich lachend an. Beth atmete durch und rannte ihnen entgegen. Ihr Bruder spazierte hinterher, wobei er seine Waffe wegsteckte. »Hat nicht viel gefehlt, dann hättest du 'ne Kugel abbekommen«, scherzte Akeno und begrüßte Bruce, indem er ihm mit der Faust leicht gegen die Schulter stieß.

»Was ist passiert? Wo ist der Gleiter, wo sind die anderen?«, fragte Beth aufgebracht.

»Lasst uns zuerst etwas essen, wir sterben vor Hunger«, beschwerte sich Bruce. Sam lief an den Geschwistern vorbei, die erstaunt den Androiden betrachteten.

»Wir werden euch drinnen erzählen, was uns zugestoßen ist«, sagte Evelyn in bestürztem Ton. Beth schluckte schwer, da sie ahnte, dass sonst niemand mehr nachkommen würde. Später klärten Evelyn und Sam die Rebellen auf. Alle hatten sich versammelt, um der Geschichte zu lauschen. Beth hatte mehrmals zu weinen angefangen, als sie erfuhr, dass Mike zunächst überlebt hatte, bei der Befreiungsmission aber ums Leben kam, genau wie Ann und vier weitere ihrer Freunde. Bruce bastelte in dem Techniklabor nebenan an dem Androiden herum. Seine Anwesenheit war mit gemischten Gefühlen aufgenommen worden. Daher zog er es vor, bei der Besprechung nicht dabei zu sein. Viele der Rebellen waren aufgebracht. »Wir haben fünf Leute verloren, um einen zu retten!«, rief ein älterer Mann mit Augenklappe. Die anderen fingen an zu diskutieren und durcheinanderzureden.

»Seid still«, befahl Evelyn, »Ohne ihn würden wir weiterhin im Dunkeln tappen, was den Plan von diesem Leo Adamo betrifft.« Sam hatte den Leuten die Sache mit dem Parasiten geschildert. Nun wussten sie, was es mit den sogenannten *Gehirnwäschen* auf sich hatte. »Das muss gestoppt werden, der merkwürdige weißhaarige Typ mit dem Designeranzug will die Seuche in den anderen Städten verbreiten«, fuhr Evelyn fort.

»Glaubst du im Ernst, dass wir ihn und seine Leute aufhalten können?«, beklagte sich eine junge Frau mit lockigen Haaren. Sam trat neben Evelyn, um sie zu unterstützen. »Haben einige von euch noch Familienangehörige in dieser Stadt?« Manche nickten zustimmend, sie wussten, worauf er anspielte. »Aus der Geschichte der Menschheit habe ich gelernt, dass nur ein Volk, das frei entscheiden kann, sein volles Potenzial entfaltet. Kein Einzelner vermag es, über das Schicksal aller zu herrschen. Dies endete stets in Krieg und Chaos.« Sam sah die Rebellen mit ernster Miene an.

»Es ist unsere Pflicht, gegen diesen Psychopathen

vorzugehen.« Eine Zeit lang war es still im Besprechungsraum. Dann ergriff Akeno das Wort. »Ich für meinen Teil, werde mit euch kämpfen, denn wenn dieser Parasit absichtlich unter die Menschen gebracht wird, ist das unser aller Ende.« In der Menge hörte Evelyn viel Zustimmung. Nach und nach erkannten die Rebellen, dass sie womöglich die einzige Hoffnung für die Bürger in den Städten sein könnten. Am Ende gab es keinen mehr, der nicht dabei sein wollte. Sie alle waren bereit, dem weißhaarigen Mann namens Leo Adamo Einhalt zu gebieten.

»Schlaft euch heute Nacht aus, morgen werden wir zusammen das weitere Vorgehen planen«, sprach Evelyn abschließend, danach schickte sie die Rebellen nach draußen. Nur Beth, Akeno und Sam blieben zurück. Bruce kam herein, mit dem Androiden im Gepäck. »Ich habe ihn umprogrammiert, war ein Kinderspiel«, verkündete er stolz. »Gute Arbeit, der Roboter könnte sich durchaus als nützlich erweisen«, sagte Evelyn. Sam zog aus seiner Hosentasche die Glasscheibe hervor. »Es wird Zeit, rauszufinden, ob dein Stiefvater tatsächlich eine Botschaft für dich hinterlassen hat, Eve! Wo ist das Abspielgerät?« Bruce holte seinen Rucksack und kramte darin herum, bis er das besagte Gerät fand. Alle traten näher an den Tisch, als er es aufklappte. Im Deckel befanden sich durchsichtige Augenlinsen, im Boden war eine Aussparung für die Glasplatte vorhanden.

»Das Ding ist ja aus der Steinzeit«, amüsierte sich

Akeno.

»Wie funktioniert dieses Abspielgerät?«, fragte Sam wissbegierig. Gerade als Bruce es ihm erklären wollte, unterbrach ihn Evelyn: »Mein Stiefvater benutzte so etwas im Labor als Tagebuch. Die Linsen werden in das Auge eingesetzt. Sie haften an der Tränenflüssigkeit auf der Oberfläche des Auges. Dadurch bewegen sie sich auf natürliche Weise mit, was die holografischen Nachrichten realer erscheinen lässt. In ihnen befindet sich ein Nanogitter aus unzähligen Lichtern, die einzeln leuchten können. Das Gerät fungiert als Sehorgan mit Gedächtnis, zuerst zeichnet es das Geschehen auf und wandelt es später wieder in Licht um, dabei überträgt es die Informationen an die Augenlinsen. Wie ein Code, der dann in dem Lichtgitter abgespielt wird. Die Lichtwellen werden von der Pupille aufgenommen, um sie an den Sehnerv weiterzuleiten. So entsteht wiederum das aufgezeichnete Bild im Gehirn des Betrachters.« Bruce drehte das Abspielgerät in seinen Händen und schaute ins Innere. »Die Kameras, die in dem Raum angebracht werden müssen, um ein dreidimensionales Video aufzuzeichnen, fehlen offensichtlich.« Sam nahm sich zwei Linsen aus dem Deckel und untersuchte sie neugierig.

»Legt die Linse auf euren rechten Zeigefinger. Zieht das Unterlid mit dem Mittelfinger nach unten und das Oberlid mit der linken Hand nach oben. Dann fällt es leichter sie einzusetzen«, erklärte Beth den anderen.

»Ich weiß nur, dass man diese Technik irgendwann aufgegeben hat, da die Linsen auf Dauer Schäden an der Hornhaut verursachten«, äußerte sich Akeno skeptisch und griff nach den Augenlinsen. Als alle ihre Linsen eingesetzt hatten, steckte Bruce die Glasscheibe in das Gerät. »Bin gespannt, was wir zu sehen bekommen.« Sein Finger wischte über den Button, um die Aufzeichnung wiederzugeben. Das Abspielgerät summte, und eine Stimme erklang aus dem Lautsprecher an der Seite:

»Tagebuch des Professors. 21. März 2081, ich bin Prof. Dr. Angus Spike«

Vor den Augen der fünf Freunde erschien zunächst ein unscharfes Bild, das stetig klarer wurde. Ein bärtiger Mann mit weißem Haar in einem Laborkittel stand neben einem Labortisch und ruckte an seiner Brille. Durch die Augenlinsen wirkte es, als ob der Wissenschaftler direkt mit ihnen sprach und sie sich im selben Raum befanden.

»Ach du liebe Güte, das ist tatsächlich mein Stiefvater«, schrie Evelyn. Sie war fassungslos, brachte kein weiteres Wort mehr heraus.

»Ich habe die Suche nach einem Heilmittel gegen den Parasiten nie aufgegeben. Die Lösung für unser Problem scheint ein selbstständig in sich geschlossener Organismus zu sein.« Der Professor wandte sich dem Tisch zu, auf dem in einem Glaskasten zwei weiße Mäuse gemächlich

168

Insekten fraßen. Er griff hinein und holte eine von ihnen heraus. Sie schnupperte an der Hand, dabei ließ sie sich streicheln. *»Vor etwa einem Jahr ist es mir gelungen, synthetisch erzeugte Nagetiere herzustellen. Ich habe ihren Körper modifiziert. Ihr Immunsystem ist zehnmal stärker als das einer normalen Hausmaus – ohne den eigenen Organismus anzugreifen.«* Er setzte die Maus wieder zurück in den Glasbehälter. Evelyn trat näher an den Professor, der neben ihr zu stehen schien. »Mein Stiefvater hat sie mir zum 8. Geburtstag geschenkt.« Sie versuchte instinktiv, eine Maus zu streicheln, obwohl es sich nur um Hologramme handelte. »Beide sind fast sechs Jahre alt geworden, was ungewöhnlich ist. Normalerweise werden sie höchstens zwei.« Dr. Spike zog ein Reagenzglas mit einer roten Flüssigkeit aus seinem Laborkittel. *»Ich habe sie mit der Seuche infiziert. Nach nur einem Tag konnte ich den Parasiten nicht mehr in ihren Körpern nachweisen.«* Aufgeregt stolzierte er umher. *»Ich habe ihrem Blut die Antikörper entnommen, um daraus einen Wirkstoff herzustellen.«* Der Professor fuchtelte mit dem Reagenzglas herum. *»Das Unmögliche ist mir schließlich gelungen. Ich konnte normal herangewachsene infizierte Labormäuse retten.«*

05. Juli 2081
»Fortsetzung der Aufzeichnungen«

Dr. Spike machte ein trauriges Gesicht. *»Leider scheint der*

Heilungsprozess mit der DNA des Lebewesens verknüpft zu sein. Andere Lebensformen verendeten qualvoll, obwohl ich ihnen denselben Wirkstoff verabreicht hatte.« Er lief an ein paar Käfigen vorbei, in denen einige tote Tiere lagen. Darunter ein Hund und ein Affe.

10. November 2081

»Vor einer Woche ist mir das Herstellen eines synthetischen Affen gelungen. Resultat: Der Parasit war in seinem Immunsystem ebenfalls nicht gewachsen.«

Die holografische Aufzeichnung verzerrte sich wieder, und die fünf Freunde warteten gespannt, was nun passieren würde.

»Dein Stiefvater hat es geschafft, einfach unglaublich«, sagte Akeno.

»Aber warum wurde er dann getötet?« Evelyn suchte angestrengt nach einer Antwort. Das Bild wurde schärfer, es ertönte wieder die Stimme des Wissenschaftlers. Dieser stand in einem völlig anderen Labor, kleiner und dunkler als bei der letzten Aufzeichnung. Seine Haare waren zerzaust, sein Gesicht machte den Eindruck, als hätte er tagelang nicht geschlafen.

23. Mai 2083

»Vor zwei Jahren ist mir eine Sensation gelungen. Ich hätte

die Menschheit retten können«, dabei sah Dr. Spike wie gebannt in eine der Kameras. Für Evelyn und Sam wirkte es, als ob er direkt mit ihnen sprach, da sie dem Hologramm am nächsten standen.

»Der Stadtrat hat meine Forschungen natürlich unterstützt, leider kam es zu einem Brand, der mein altes Labor fast gänzlich zerstört hatte. Meine Aufzeichnungen konnte ich allerdings retten, ohne sie hätte ich vermutlich nicht weiter machen können. Hier in einem neuen Labor, werde ich den nächsten Schritt wagen. Heute leite ich die Phase für die Erschaffung des ersten synthetisch adaptiven Menschen ein - kurz SAM.« Das Hologramm verzerrte sich und wurde wieder klar.

06. Juni 2086

»Drei Jahre haben die Vorbereitungen gedauert, aber endlich ist so weit.«

Dr. Spike wandte sich einem schwarzen Behälter zu, der durch diverse Schläuche mit verschiedenen Tanks an der Wand verbunden war. Die fünf Freunde folgten ihm und schauten durch die dicke Glasfront in das Behältnis. Es war drei Meter lang und eineinhalb Meter breit. In seinem Inneren ruhten mechanische Arme, die seitlich an dem Gefäß montiert waren. Die Frontscheibe diente gleichzeitig als Bedienfeld, da der Wissenschaftler darauf herumtippte. Verschiedene Fenster poppten auf und Dr. Spike gab einige Befehle ein. Anschließend wandte er sich wieder einer der Kameras zu.

»Ich habe soeben den Vorgang gestartet. Es war nicht leicht, die richtigen Bausteine zu finden, damit die Maschine den Menschen herstellen kann. Manche Flüssigkeiten, die dort hinten in den Tanks lagern, mussten zunächst durch komplizierte chemische Prozesse hergestellt werden.« Dr. Spike nahm die Brille ab und wischte sich über das Gesicht. *»Nachdem ich die Tanks aufgefüllt hatte, verbrachte ich ein ganzes Jahr damit, ein menschliches Bewusstsein mithilfe meiner Quantencomputer nachzubilden und es in die Maschine einzuspeisen.«* Er machte einen Schritt zur Seite, hierbei beugte er sich über den Behälter. *»Dies wird das erste menschliche Leben sein, das künstlich erzeugt wird. Ich hoffe, es wird ein Erfolg, um der Menschheit willen.«*

Sam und die anderen standen um den holografischen Behälter herum, niemand sagte ein Wort. Dann brach Evelyn das Schweigen. »Ich denke, wir alle wissen, wer dort vermutlich entsteht!« Ihre Freunde nickten zustimmend, nur Bruce gab seinen Kommentar dazu ab. »Hey Sam, scheint so, dass wir jetzt Zeugen deiner Geburt werden!« Dieser antwortete nicht, sondern beobachtete das Schauspiel, das sich in dem Behälter abspielte. An der Wand fingen die Tanks an, Geräusche von sich zu geben. Die zähen Flüssigkeiten wurden aufgeheizt und begannen, ihre Viskosität zu verändern. Oben an den Tanks blinkten rote Lichter auf und die Schläuche fingen an, die flüssigen Stoffe in den Behälter zu pumpen. Dr. Spike fuhr mit leiser Stimme fort: »*In meiner sogenannten Geburtsmaschine, wie ich sie getauft habe, herrscht ein starkes Antigravitationsfeld, das Schwerelosigkeit simuliert. Somit können Lebensformen exakt nachgebildet werden, ohne dass die Zusammensetzungen durch die Schwerkraft auseinanderfallen. Dieser Mensch wird dieselben Verbesserungen erfahren wie die Mäuse und der Affe. Er wird kein* Homo sapiens, *sondern ein synthetisch perfektes Abbild davon.*«

In dem Behälter fuhren die mechanischen Arme aus und fingen an, die flüssige Substanz aus den Schläuchen mit rasender Geschwindigkeit zusammenzufügen. Kleine Laser arbeiteten dabei Konturen aus. Von unten begannen haardünne Drähte, sich an die Materie zu koppeln, die die Form eines humanoiden Gehirns annahm. »*In diesem Stadium wird das Bewusstsein von meinen Quantencomputern integriert, dabei bleiben die Verbindungen bis zum Schluss bestehen, damit alle Zellen im fertigen Körper die implantierten Erbinformationen speichern. Nicht nur unser menschliches Gehirn speichert Daten, sondern der ganze Organismus.*« Der Wissenschaftler grinste in die Kameras. Die Maschine fing an, Teile des Skeletts anzufertigen. Als es mit dem Schädel fertig war, brach die Aufzeichnung ab und wurde durch ein grauweißes

Rauschen ersetzt.

»Na toll, was ist jetzt wieder los«, beschwerte sich Bruce.

»Die Glasscheibe im Abspielgerät weist doch mehrere Kratzer und Risse auf, deshalb kommt es vermutlich zu Unterbrechungen der Aufzeichnung«, erklärte Sam.

»Psst, seit still, es geht weiter«, unterbrach Beth die beiden mit aufgeregter Miene, als würde sie einem Spielfilm folgen wollen. Das Rauschen ebbte ab, das Hologramm wurde schärfer.

10. Juni 2086

»Mein Geschöpf ist fast fertig, es müssen nur noch die einzelnen Hautschichten aufgetragen werden«, freute sich Dr. Spike. Die Freunde sahen in dem Behälter einen ausgewachsenen Mann ohne Haut. Jede Muskelfaser war sichtbar, sie lagen eng beieinander wie eine Panzerung.

»Solange die Hautzellen konstruiert werden, erläutere ich hier kurz ein paar Verbesserungen dem normalen Homo sapiens gegenüber.« Der Wissenschaftler nahm ein glasartiges Tablet zur Hand und scrollte durch eine Datei. *»Das Immunsystem ist zehnmal stärker als gewöhnlich. Dies war auch bei den Mäusen und dem Affen der Fall. Aber ich habe zusätzlich andere Merkmale angepasst. Seine Gehirnwindungen sind verdoppelt. Er besitzt mehr als 200 Milliarden Nervenzellen und ein Vielfaches davon an Kontaktpunkten. Ich habe in meinen Quantencomputern*

künstliche Erfahrungen kreiert und Wissen aus allen möglichen Bereichen eingespeist. Mein Geschöpf besitzt erhöhte Motorikkontrolle. Die Nährstoffversorgung des Parietallappens wurde stark erhöht. Dadurch steigert sich seine Bewegungsfähigkeit und Koordination. Eine Art Knochendysplasie hat die Knochendichte erhöht und bietet so besseren Schutz vor Verletzungen. Seine Muskeln habe ich durch Stimulation einer enormen Hypertrophie ausgesetzt. Sie unterscheiden sich von den Muskeln eines normalen Athleten dadurch, dass sie nicht größer, sondern enger und dichter sind. Die Sauerstoff- und Nährstoffversorgung wird durch die verbesserten Organe erhöht. Er wird später so stark wie zwei oder drei Männer sein. Die Sinne wurden von mir auch verbessert. Die Augen haben fünf verschiedene Farbsehzellen statt drei. Sie besitzen außerdem eine Million Sehzellen pro Quadratmillimeter. Das Auflösungsvermögen seiner Netzhaut ist etwa viermal größer, genau wie bei einem Greifvogel. Das „Scharfstellen" funktioniert viel schneller. Im hinteren Teil seiner Augen besitzt er – zusätzlich eine Art Spiegelschicht. Fällt das Licht darauf, wird es deutlich besser zurückgestrahlt. So können seine Sehzellen schwaches Licht doppelt so gut nutzen wie bei einer Katze oder einem Hai. Das Hörvermögen übersteigt das eines normalen Menschen ebenfalls bei weitem. Er wird Töne unter 10 Dezibel viel lauter als wir wahrnehmen. Sein Geruchs- und Geschmackssinn ist gesteigert. 300 Millionen Riechsinneszellen habe ich in den Erschaffungsprozess programmiert. Zu guter Letzt besitzt mein Mensch über gesteigerte Selbstheilungskräfte. Der

Parasympathikus ist Teil des vegetativen Nervensystems und für den Aufbau und die Regeneration des Gewebes verantwortlich. Die Neuronenzahl im Nervensystem konnte ich vervielfachen. Er wird perfekt sein und den Namen „Adam" bekommen.«

Sam, Evelyn und die anderen blieben verblüfft zurück, als sich das Hologramm kurzzeitig wieder einmal abschaltete. »Dann bin ich dieser *Adam*«, fing Sam nachdenklich an. »Mir gefällt Sam besser«, meinte Evelyn und richtete sich die Linse in ihrem Auge zurecht.

»Aber warum bist du erst jetzt aufgewacht, fünfzehn Jahre nach der *Geburt*?«, warf Akeno fragend in den Raum.

»Das holografische Video hat laut dem Abspielgerät erst die Hälfte erreicht. Es müsste weiter gehen«, betonte Bruce und zeigte auf eine Leiste des Displays. Aus dem Gerät drang plötzlich ein Knirschen, woraufhin die ängstliche Stimme von Dr. Spike erklang: »*Hallo, hallo, ist das verdammte Ding an?*« Ein Klopfen deutete an, dass der Professor mit der Faust darauf herumhämmerte. »*Heute ist der 24. Februar 2087, Adam hat sich merkwürdiger entwickelt als erwartet.*« Der Ton lief zwar, aber die Freunde konnten kein Hologramm dazu sehen. »*Der synthetische Mensch weist erhöhtes Aggressionsverhalten auf. Meine Schlussfolgerung liegt darin, dass ihm echte Erinnerungen fehlen, die seine Emotionen auffangen würden. Außerdem habe ich seine Blutzellen analysiert. Sie fangen an, zu zerfallen. Mithilfe meiner Computer habe ich eine Lebensspanne von zehn Jahren berechnet, danach wird er unweigerlich sterben. Solange Zeit bleibt, muss ich aus seinem Blut Kulturen anlegen, um den Impfstoff herzustellen.«* Wieder ein langes Rauschen. *»Äh, Juli oder August, keine Ahnung. Habe seit Tagen nicht geschlafen. Habe das Zeitgefühl verloren. Adam steigert sich, seit er die Geschichte der Menschheit in einer Enzyklopädie gelesen hat, in Wahnvorstellungen.«* Nach einer Pause … *»Habe mich von Adam abgekapselt, sein Verhalten ist mir ein Rätsel. Seine Reaktionen passen nicht zu seiner Intelligenz, die ich ihm programmiert habe. Es muss mir ein Fehler unterlaufen sein. Arbeite gerade an Projekt Nemesis, ich muss Adam … «*

Nach diesem unvollendeten Satz brach die Verbindung ab. Das Gerät versuchte, auf die Daten der Glasscheibe zuzugreifen, aber es folgte ein langes Quietschen.

»Verdammt, das scheint es gewesen zu sein.« Bruce ärgerte sich und nahm die Linsen aus seinen Augen. Die anderen taten es ihm gleich.

»Was immer später passiert ist, meine Mutter fand meinen Stiefvater tot vor unserem Haus. Das war im November 2087«, klärte Evelyn ihre Freunde auf. »Die Ärzte diagnostizierten bei ihm eine tödliche Herzattacke. Das will ich bis heute aber nicht glauben, er war fitter als manch anderer in seinem Alter.« Beth setzte sich auf einen Stuhl. »Was machen wir nun?«, fragte sie und stützte ihren Kopf auf den Arm. »Sam, wir müssen dir unbedingt Blut abnehmen«, sagte Akeno eilig. Der Arzt in ihm witterte den zukünftigen Impfstoff in dessen Kreislauf. Sam stand etwas ratlos da und murmelte: »Ja, kein Problem!« Er wandte sich an Evelyn. »Wenn ich dieser *Adam* bin, dann müsste ich doch schon längst tot sein.« Sie fing an, in dem Raum auf und ab zu laufen. »Wir wissen, wer oder was du bist, aber viele Fragen sind weiterhin offen, Sam.« Evelyn rieb sich die Hände und schnaufte laut. »Hattest du etwas mit dem Tod meines Stiefvaters zu tun? Oder hatte ihn jemand anderes beseitigt. Hatte er dich absichtlich fünfzehn Jahre *schlafen* gelegt? Wollte er Verbesserungen vornehmen? Was ist Projekt Nemesis?« Akeno ging zu ihr und beruhigte sie, indem er ihr gut zuredete.

»So, wie ich das sehe, bleibt uns nur eine Möglichkeit, den Impfstoff herzustellen. Die Labore, darunter das ehemalige von Eves Stiefvater, liegen in den untersten Etagen des Regierungsgebäudes«, dachte Beth laut nach.

»Was? Die nötigen Mittel dazu liegen in dem Gebäude, wo dieser Leo Adamo auf uns wartet, um uns dann alle zu töten!«, blaffte Bruce sarkastisch Beth an. Diese schaute verlegen zur Seite. Sam schritt auf Bruce zu. »Wir werden das Risiko eingehen müssen. Um den Bürgern von *New Traiana* und den Menschen in den anderen Städten zu helfen.« Er nahm sich eine Pistole, die auf dem Tisch lag, prüfte sie demonstrativ und sah zu Evelyn. Die Waffe machte dabei ein klickendes Geräusch, als der Lauf zurückfuhr. »Es ist an der Zeit, sich diesen

Adamo vorzuknöpfen und ein Heilmittel zu entwickeln!«

13

Am darauffolgenden Tag versammelten sich die Rebellen, um eine Strategie zum Eindringen in die Stadt zu entwerfen. Auch der Android, den Bruce umprogrammiert hatte, lehnte an der Wand. Er hatte mehr Ähnlichkeiten mit einer Schaufensterpuppe als mit einem Menschen. In den früheren Zeiten ging Funktion vor Aussehen. Er war recht einfarbig gehalten. Dunkelblau mit silbernen Streifen am Körper. Eine Nummer auf der Brust verwies auf das Fabrikmodell. Diese Roboter waren damals ausschließlich für den Kampf konzipiert worden, daher hielten sie extremen Belastungen einige Zeit stand.

»Gibt es irgendwelche Vorschläge?«, warf Evelyn in die Runde.

»Die Stadt ist mit ihren Mauern und Drohnen eine verdammte Festung!«, wandte ein dunkelblonder junger Mann ein.

»Keine Panik, ich habe den Stadtplan mit den Konstruktionszeichnungen heruntergeladen«, erinnerte ihn Bruce, in der Mitte des Tisches öffnete er eine holografische Karte. »Jede Festung hat ihre Schwachpunkte«, belehrte Sam die Leute, dabei verkleinerte er das Hologramm so weit, dass die komplette Stadt sichtbar war. Eine athletische, schwarzhaarige Frau mittleren Alters, die ihre Messer schärfte, hob die Hand. »Früher, vor dem Rebellenleben, habe ich in den Entsalzungsanlagen gearbeitet. Meine Tätigkeit lag darin, die Roboter und Maschinen zu warten.« Evelyn steckte ihren Kopf durch das Hologramm. »Okay, inwiefern hilft uns das jetzt?« Die Frau kaute lässig auf einem Grashalm und strich sich eine Locke aus dem Gesicht. »Na ja, die Mauern hören genau dort auf, sonst könnte die Pipeline das Meerwasser nicht ansaugen«, sagte sie. Sam schob die Karte an die Stelle, wo die Entsalzungsanlage gezeigt wurde.

»Das ist ein toller Einfall, Maria!«, meldete sich Beth zu Wort. Bruce winkte schon im Vorfeld ab und sagte zynisch: »Eine gute Idee, wenn man sein Leben beenden will.« Sam vergrößerte mit seinen Fingern das Ansaugrohr, drehte das Hologramm um einige Grad, damit er in die Konstruktion blicken konnte. »Wenn wir vom Meer aus kommen, sind es achtzehn Meter zu einer kleinen Wartungsluke, bevor das Rohr nach weiteren vierzehn Metern um 90 Grad abzweigt«, sprach er interessiert. Maria, die an ihren Messern fummelte, machte eine Grimasse. »Einen Haken hat die Sache allerdings«, sagte sie kleinlaut. »Wenn man das Zeitfenster, in der die Anlage nicht läuft, verfehlt, wird man in die Maschinen gezogen.«

Bruce fiel ihr ins Wort. »Der Sog, der das Meerwasser in die Entsalzungsanlage zieht, ist so enorm, dass wir niemals an die Luke kommen, geschweige denn, sie öffnen.« Evelyn wischte erneut an dem Hologramm.

»Mmh, das netzartige Gitter an der Öffnung könnte man leicht einreißen, über solche Technik verfügen wir«, schmiedete sie die Idee weiter fort.

»Ihr hört nicht zu«, meckerte Bruce abermals. Er lief an den Tisch, strich ein paarmal über die Karte und deutete an das Ende der Pipeline. »Jeder, der hineingezogen wird, endet als Fischfutter in kleinen Scheiben.« Ein Lasernetz schützte die Anlagen vor größeren Fremdkörpern, sollte jemals etwas an dem Stahlgitter vorbeikommen. Akeno trat neben ihn. »Unsere einzige Eintrittskarte wäre ein Himmelfahrtskommando, und alle Gleiter sind Schrott.« Viele der Rebellen ließen enttäuscht die Köpfe hängen. Nur Evelyn fing an zu grinsen, sie klopfte Sam auf die Schulter. »Für unseren Übermenschen hier ist das doch ein Kinderspiel, im richtigen Moment die Luke zu öffnen, bevor sich das Zeitfenster schließt.« Sam sah sie von der Seite an, überlegte kurz und sprach: »Ihr habt mich aus dem Labor dieses weißhaarigen Fanatikers geholt, das ist das Mindeste, was ich für euch tun kann.« Zunächst war es still, dann fingen manche an zu applaudieren. »Halt, einen Moment bitte!«, mischte sich Bruce ein. »Das Hologramm zeigt eindeutig zwei Hebel an der Luke. Sam allein wird sie nicht öffnen können, also muss noch jemand mit rein«, machte er deutlich. Evelyn schlenderte zu dem Androiden, beäugte ihn und verkündete mit einem Hauch von Selbstsicherheit: »Wir werden ihn mit unserem metallischen Freund hier in das Rohr schicken!«

Beth erhob sich von ihrem Platz, lief zu der holografischen Karte, sie kniff die Augen zusammen und sprach: »So weit, so gut, aber wie geht es dann weiter? Wie kommen wir anderen in die Stadt?« Maria, die diese Idee vorgeschlagen hatte, hob die Hand.

»Es gibt noch die fliegenden *Seeschiffe*, die Nahrung aus dem Meer für die Stadt holen!« Sie waren autonome, über das Wasser gleitende Maschinen, die früheren Schiffen ähnelten. Aus Angst vor der Seuche wurden sie von Robotern bedient, jeden Tag glitten sie hinaus, um Fische und andere Lebewesen einzufangen.

»Sobald Sam in der Entsalzungsanlage ist, könnte er ein Ablenkungsmanöver starten, damit wir ungehindert in den Hafen gelangen«, vervollständigte Evelyn den Plan. Sie waren sich alle schnell einig, obwohl manche Details fehlten. Aus Zeitgründen wollten sie die Mission im Einzelnen unterwegs ausarbeiten. Die Rebellen rüsteten sich, schulterten ihre Waffen, ihre Kleidung sah wie eine Mischung aus Kampf- und Taucheranzug aus. Nur Sam trug seinen Tarnanzug von Mac, den man wieder mit Energie aufgeladen hatte. Gegen Abend war die kleine Truppe, die sich aus vierzehn Männern und Frauen sowie dem Roboter zusammensetzte, bereit, an die Küste aufzubrechen. Sie hofften, rechtzeitig die Schiffe, die sich auf See aufhielten, zu erreichen.

»Wie kommen wir mit unserer Ausrüstung ans Meer?«, fragte Sam. Die Gruppe setzte sich in Bewegung, wobei Evelyn ihn an der Hand nahm. »Die beiden Gleiter

haben wir verloren, aber wir besitzen noch die GOT's!«
Gemeinsam entfernten sie sich vom Rebellenlager und
hielten vor einem Hügel im Wald an. Bei genauerer
Betrachtung erkannte Sam, dass das Gras künstlich grün
schimmerte. Akeno trat davor und stocherte in der Erde
herum. »Fortbewegungsmittel sind hier draußen eine
Seltenheit, mein Freund! Zu unserem Glück fanden wir
das hier!« Er grinste Sam an, als ein kleines Beben die
Erde erschütterte. Die Rebellen traten einige Schritte
zurück, vor ihnen teilte sich der Hügel in zwei Hälften.
Das Ganze war eine Attrappe, Sam erblickte eine Schräge,
die in einen unterirdischen Komplex führte. Bruce eilte
an Evelyn und Sam vorbei und erklärte: »Das war mal ein
Bunker zur Aufbewahrung von autonomen Panzern und
weiteren technischen Fahrzeugen. Als wir die
Einrichtung fanden, war das meiste schrottreif, außer den
zwei Gleitern.« Beth rannte Bruce hinterher. »Aus den
anderen Teilen haben wir damals unsere GOT's
konstruiert«, ergänzte sie. Im Inneren aktivierte Bruce auf
altmodische Weise einen Lichtschalter. Eine riesige, unter
der Erde gebaute Halle erstreckte sich vor den Rebellen.
Veraltete Fahrzeuge wurden durch das schwachweiße
Neonlicht an der Decke sichtbar. Sie liefen gemeinsam
nach unten, ein muffiger Geruch von Rost und Stahl
mischte sich mit der hereinströmenden Luft. Bruce und
Beth waren vorausgeeilt wie kleine Kinder, die es nicht
abwarten konnten, an Weihnachten ihre neuen
Spielzeuge in Beschlag zu nehmen.

»Unsere zwei Technikfreaks«, amüsierte sich Akeno. Als sich der Rest der Gruppe um sechs mit Planen abgedeckte Fahrzeuge versammelt hatte, enthüllten die beiden die GOT's.

»Das sind unsere selbstentworfenen *Glide over Terrain* Maschinen«, präsentierte Beth stolz und wartete auf eine Reaktion von Sam. Dieser runzelte die Stirn, er wirkte skeptisch. Die GOT's wiesen Ähnlichkeiten mit den *Glide Bikes* der Polizei auf, aber man sah, dass es sich um Eigenkonstruktionen handelte. Jedes bot Platz für bis zu zwei Personen. Der Fahrer saß, ohne jegliche Sicherung, direkt über dem silbernen Motor, an dessen Seite Fußstützen aus rostbraunem Stahl angeschweißt waren. Der Soziussitz besaß wenigstens Gurte, um sich anzuschnallen. Die Steuerung bestand aus zwei Gasdrehgriffen. Sie regelten zylindrische Düsen in metallicrot, die als Ersatz für Räder dienten und unabhängig voneinander gesteuert werden konnten. Das Ganze wurde von einer halbrunden Glasscheibe überdacht und machte auf Sam den Eindruck, auseinanderzufallen, sobald man es startete. »Seid ihr damit wirklich durchs Gelände geflogen?«, hakte er ungläubig nach.

»Natürlich! Wir sind sogar kleine Rennen gegeneinander geflogen«, gab Beth ein wenig beleidigt zurück. Die zierliche Asiatin checkte eine der Maschinen und schwang sich auf den Fahrersitz. »Akeno fliegt mit mir!« Sie lachte, dabei ließ sie das Fahrzeug an. Die roten

Düsen dröhnten, hellblaue Flammen zuckten erst vorsichtig, dann immer größer und konstanter aus ihnen hervor. Die Scheibe blendete alle nötigen Informationen für den Fahrer ein. Das GOT hob vom Boden ab und hielt sich sicher in der Luft.

»Ich teile euch jetzt in Gruppen ein, damit die Fahrzeuge ausreichen«, wies Evelyn die anderen Rebellen an. »Sam, du fliegst mit dem Roboter zur Entsalzungsanlage! Akeno steigt bei Beth auf. Ich nehme Bruce mit, der Rest teilt sich in drei Einheiten auf, dann sollten die GOT's reichen.« Im Notfall konnten auf einer Maschine mehr als zwei Personen Platz nehmen, wobei der Letzte sich unbequem auf den Gepäckhalter zwängte. Die Widerstandskämpfer verstauten ihre Ausrüstung, setzten Fahrerbrillen auf und streiften sich Handschuhe über. Akeno meckerte vor sich hin, da er es hasste, mit diesen unsicheren Vehikeln zu fliegen. Nacheinander zündeten sie die Düsen und stiegen in die Luft. Sam warf einen kurzen Blick auf seinen mechanischen Begleiter, der auf dem Beifahrersitz hockte und ausdruckslos auf weitere Befehle wartete.

»Kann's losgehen, Sam?«, erkundigte sich Evelyn und vergewisserte sich, dass alle anderen bereit waren. Sam setzte sich die Brille auf, kontrollierte die Daten auf der Glasscheibe und nickte.

»Vergiss nicht, die Scheinwerfer anzuschalten, halte die Hände stets an den Gasgriffen, sonst säuft die Maschine im Flug ab«, rief Beth neben ihm. Sie drehte an den Griffen, ihr Lächeln wurde dabei breiter, und im nächsten Augenblick schoss sie aus dem Komplex. Akeno war darauf nicht vorbereitet, er wäre beinahe zur Seite rausgefallen. Die übrigen Rebellen taten es ihr gleich und rauschten davon. Sam schaute ihnen hinterher, dann flog er nach draußen, aber in eine andere Richtung. Sein Ziel war die Entsalzungsanlage. Das GOT ließ sich erstaunlich leicht steuern, Hindernisse wurden sofort registriert, und in der Scheibe wurde die optimale Route angezeigt. *Mal sehen, wie schnell dieses Teil wirklich ist*, dachte sich Sam und drehte die Gasgriffe bis zum Anschlag durch. Der Wind zerrte an der Glasabdeckung, das Fluggerät vibrierte heftig, als die Düsen sich um fast 90 Grad anwinkelten, um den maximalen Schub herauszuholen. Die Beschleunigung war enorm. Wie ein Pfeil schoss er durch den Wald. *Wo ist der Schalter für die Scheinwerfer?*, kam es ihm in den Sinn. Durch die dicht stehenden Bäume und Büsche war es dunkler als auf der freien Fläche. Selbst das Display erkannte nicht alle Hindernisse. Er fingerte an den Griffen herum, bis er einen Knopf erfühlte, der aber schon eingedrückt war. Offenbar hatte jemand bei der Wartung übersehen, dass es einige Defekte an der Maschine gab. Zumal die Geschwindigkeit nicht nachließ, obwohl Sam sofort versuchte, langsamer zu werden. Laut dem Display in der Scheibe war mehr als die Hälfte des Weges geschafft, aber der Wald wurde zunehmend dichter. *Ob sie die komischen Geräte wohl überhaupt warten?* Diesen Gedanken schob Sam zur Seite, biss die Zähne zusammen und manövrierte das GOT mit wachem Blick an dem nächsten Felsen vorbei. Den dicken Ast, der von einer alten Eiche hinausragte, übersah er hierbei. Mit einem lauten Krachen splittere die Scheibe, dabei riss der armdicke Zweig die komplette Glasabdeckung ab. Der Android hinter ihm hockte unbeeindruckt in seinem Sitz und wohnte dem Geschehen bei, als säße er nicht auf der Maschine. Nur seine bläulich schimmernden Linien im Gesicht zeigten, dass er einwandfrei funktionierte. Ohne das Display musste Sam in voller Fahrt kommende Hindernisse erkennen und im richtigen Augenblick reagieren. Um einem umgestürzten Baum auszuweichen, schrammte er an einem Felsen entlang, dabei riss die linke Fußstütze ab. Immer wieder flogen ihm kleinere Glasscherben von der gebrochenen Scheibe ins Gesicht. Wie winzige Rasiermesser schnitten sie ihm die Wangen auf. Die Fahrerbrille schützte wenigstens seine Augen. In der Ferne wurde der Weg, wenn man ihn so bezeichnen wollte, breiter. Sam konnte sogar die Küste ausmachen. Nur noch ein paar enge Kurven, dann hätten er und sein stummer Sitzkollege es gerade so geschafft. »Gut festhalten, da hinten!«, brüllte Sam, obwohl er wusste, dass es ein überflüssiger Kommentar war. Der Android reagierte nur auf direkte Befehle, nicht auf halbe Sätze, die sowie nichts bewirkten. Die ersten Kurven packte Sam ohne große Mühen, aber die letzte knickte fast rechtwinklig zur Küste ab. Die Sonne ging langsam im

Meer unter, dabei tauchte sie den Himmel in ein Feuerrot. Für das farbenprächtige Schauspiel hatte er jedoch keine Zeit, denn er wusste, sie würden diese Kurve nicht kriegen. Das GOT glitt über die Wiese, als es von der Hauptroute abkam. Ein kleiner Fels, der aussah, wie ein riesiges deformiertes Ei reichte aus, damit eine Düse fortgerissen wurde. Sam hatte jetzt keine Kontrolle mehr, das Gefährt zischte über das Gelände, das immer schräger ins Meer abfiel. Am Ende mündete es abrupt in einer Klippe. Den einzigen Ausweg sah er darin, den rechten Gasgriff loszulassen, damit die Düsen zu seiner rechten ihre vertikale Position einnahmen. Auf diese Weise sollte die Maschine einen Haken schlagen, sodass er abspringen und halbwegs weich landen konnte, bevor er die Klippe erreichte. Sam befahl dem Androiden, ihre Ausrüstung, die aus zwei Rucksäcken bestand, an sich zu nehmen und zu springen. Der Roboter tat wie ihm geheißen, löste seine Gurte, schnappte sich das Gepäck, danach ließ er sich von seinem Sitz fallen. Er überschlug sich mehrfach, wurde durch die Luft geschleudert und blieb liegen. Sam hoffte nur, dass er nicht zu beschädigt war, damit sie beide später die Wartungsluke in der Entsalzungsanlage öffnen konnten. Er zögerte einige Sekunden, dann nahm er seine Hand vom rechten Gasgriff und drehte den linken voll durch. Das GOT vollführte eine Drehung, Sam hechtete von seinem provisorischen Sitz auf dem Motorblock und überschlug sich genau wie der Android. Er versuchte, seinen Kopf so gut es ging zu schützen. Sein Körper war der Fliehkraft wie eine Puppe ausgesetzt. Immer wieder krachte er gegen kleinere Felsen. Als es endlich vorbei war, sah er das Vehikel über die Klippe stürzen, dann engte sich sein Blickfeld ein und ihm wurde schwarz vor Augen.

14

Das Meer, das durch die Abendsonne einen rötlichen Schimmer angenommen hatte, wurde durch den heraufziehenden Wind aufgewühlt. Die Wellenberge fingen an, sich aufzutürmen. Die *Seeschiffe* hatten für diesen Tag ihren Soll erreicht und zogen ihre Netze ein. An der Küste war es ruhig wie an jedem Abend, bis die fünf herannahenden GOT's die Stille unterbrachen. Beth schaltete ihre Maschine ab, zog ihre Fahrerbrille nach oben und blickte verträumt auf die See.

»Endlich sind wir da, du fliegst wie eine Verrückte.« Verärgert löste er seine Gurte und rollte sich aus dem Sitz.

»Du warst wirklich sehr schnell unterwegs, Beth«, sagte Evelyn mit ernster Miene. Diese winkte ab, sie kannte sich mit den Maschinen gut aus. Bevor sie damals beschlossen hatte, bei Bruce in der Stadt zu bleiben, hatte sie fast täglich Spazierfahrten auf ihnen unternommen. Einerseits mussten sie in Schuss gehalten werden, andererseits gab es außerhalb der Stadt nicht viel, womit man Spaß haben konnte. Evelyn nahm das Monokular aus ihrem Rucksack, um damit das Meer abzusuchen. Mithilfe einiger Knöpfe wechselte sie den Sichtmodus, im Zwielicht war das hilfreich. Durch das Fernglas lokalisierte sie die fliegenden Seeschiffe. Es waren mittelgroße Wassergleiter, silberne stromlinienförmige

Schiffe, in denen neonblaue Lichter pulsierten. Sie waren dabei, ihre Netze einzuziehen, um dann in den Hafen zurückzukehren.

»Macht euch bereit! Wir tauchen sofort los«, befahl Evelyn ihren Leuten. Sie versuchte, Kontakt mit Sam aufzunehmen, aber es kam nur ein Rauschen aus ihrem Ohrstöpsel. *Ich hoffe, er liegt im Zeitplan*, dachte sie sich und packte ihre Sachen zusammen. Die Rebellen stapften durch den Sand, checkten ihre Ausrüstung und wateten ins Meer hinaus, um abzutauchen.

Der Schädel brummte ein bisschen, als Sam wieder zu sich kam. Er sah an sich hinab. Außer ein paar Prellungen am Körper und Schürfwunden im Gesicht war er heil geblieben. An seinem linken Arm konnte er die Deadline sehen, die digital in dem Tarnanzug aufleuchtete. Dreißig Minuten hinkte er dem Zeitplan hinterher. Ein normaler Mensch wäre bei der Geschwindigkeit jetzt vermutlich schwer verletzt, wenn nicht sogar tot gewesen. Dass ihm nur ein wenig der Kopf brummte, war also mehr als nur akzeptabel. Er stand auf und begab sich sofort zu dem Androiden. Dieser lag noch immer regungslos an der gleichen Stelle. Sam drehte ihn zur Seite. Die Rucksäcke fest umklammert, kreisten dessen Augen von links nach rechts. Sein Gesicht war zur Hälfte kaputt, Drähte, Kabel und verbogene Metallstreben standen an der Seite heraus.

»Hey, hörst du mich!« Sam klopfte dem Ding ein

paarmal vorsichtig auf den Kopf. Er las die Modellnummer laut vor: »R-205 steh auf!« Die Augen des Roboters fixierten ihn, er ließ die Taschen los und richtete sich auf. Sein Körper zuckte, sein Kopf drehte sich von einer Seite auf die andere, dann blieb er steif stehen. *Oh Mann, von diesem Schrotthaufen hängt meine Mission ab.* Sam versuchte, positiv zu bleiben, und schulterte beide Rucksäcke. »Nur zur Sicherheit nehme ich die Taschen, da sich in einer eine Bombe befindet«, erklärte Sam. »Los komm! Es ist nicht mehr weit bis zur Entsalzungsanlage.« Der Android folgte ihm, wenn auch hinkend. Sam schaute mehrmals über die Schulter und vergewisserte sich, ob sein stummer Freund weiterhin hinter ihm lief. Jedes Mal rechnete er damit, ihn wieder zappelnd auf dem Boden zu sehen. Nach einer Weile standen sie an der Küste, die Wellen brandeten gegen die Felsen. Sam nahm die salzige Luft auf und schloss dabei für einen Moment seine Augen.

Die Rebellen kamen im salzigen Nass den Seeschiffen immer näher. Bruce schickte ein stilles Gebet nach oben, er hoffte, dass sich hier unter Wasser keine roboterartigen Schlangen aufhielten, wie es vor dem Stadtarchiv der Fall gewesen war.

»Gleich sind wir da! Wir werden uns in drei Gruppen aufteilen, damit sich die Gefahr, entdeckt zu werden, minimiert«, ordnete Evelyn über Funk an. Als Akeno seinen Blick zur Wasseroberfläche richtete, konnte er die riesigen Schatten ausmachen, die die Gleiter auf das Meer warfen, von den Netzen war nichts zu sehen. Die Anführerin löste einen Enterhaken von ihrem Gürtel, wobei sie steil nach oben schwamm. »Hängt euch an die Schiffe, achtet darauf, nicht entdeckt zu werden«, wies sie an. Langsam begann die Truppe aufzutauchen, bis knapp unterhalb der Oberfläche. Die Gleiter fingen an, sich in Bewegung zu setzen. Das Wasser schien durch deren Antriebe, die grünliche Flammen ausspuckten, zu vibrieren. Das hohle Brummen, das durch die Maschinen erzeugt wurde, verursachte ein unangenehmes Gefühl in der Magengegend. Vorsichtig reckte Evelyn ihren Kopf aus dem Wasser. Die Seeschiffe wendeten, um den Hafen anzusteuern. Von nahem wirkten sie wie aus einer anderen Welt. Der ganze Schiffsrumpf schien aus einem Guss zu bestehen. Aerodynamisch gewellt zog sich die silberne Außenhülle vom Bug bis zum Heck. Die schmalen Lichter darin pulsierten abwechselnd, als würden die Seegleiter auf diese Weise miteinander kommunizieren. Die Kommandozentrale ragte an einem langen *Hals* über den Rest des Schiffes hinaus. Die Konstruktion hatte Ähnlichkeiten mit einem riesigen Schwan, nur ohne Flügel. *Perfektes Timing*, dachte Evelyn und zielte mit ihrem Enterhaken auf das Heck. Der kleine Pfeil schoss davon und bohrte sich wie eine Schraube in den Schiffsrumpf. Das schwarze Seil, das aus hunderten dünnen Fäden gezwirbelt war, spannte sich sofort an und zog sie durch das Wasser. Ihre Leute taten es ihr gleich und hingen sich ebenfalls an die Wassergleiter. Diese hatten nicht allzu stark an Fahrt aufgenommen, sodass sie mühelos ihre Seile einzogen. Da die Seeschiffe nicht auf dem Wasser, sondern einige Meter darüber schwebten, baumelten die Rebellen für kurze Zeit wie Fische an einer Angelschnur in der Luft, bevor sie sich an der Außenhülle festmachten. Dies gelang ihnen mithilfe spezieller Handschuhe, die über mikroskopische Lamellen verfügten, die wiederum Millionen von feinen Härchen besaßen. Mithilfe der Van-der-Waals-Kräfte saugten sich die Lamellen an der Außenhaut fest, sodass der Trupp haften blieb wie ein paar Geckos. Mit ihren Füßen fanden sie halt an einzelnen Finnen, die in regelmäßigen Abständen an den Schiffen montiert waren. Die Geschwindigkeit der Seegleiter hielt sich in Grenzen, weswegen sie eher behäbig den Hafen ansteuerten.

»Bis jetzt läuft alles nach Plan«, teilte sich Beth fröhlich über Funk den anderen mit. Evelyn gab dazu keinen Kommentar, sondern fragte den Status ihrer Leute ab. »Team Bravo und Charlie, hier ist Team Alpha. Seid ihr auf Position? Over!« Die Rebellen bestätigten kurz mit einem »Sind auf Position, Over!« Die Anführerin drückte sich an die Außenhülle, dabei tastete sie sich langsam vorwärts, indem sie eine Hand nach der anderen abrollte. »Haltet euch für weitere Instruktionen bereit, over and out!«

Sam und der Android folgten einem schmalen Weg, der

sie direkt ans Wasser, circa zwanzig Meter vor die Entsalzungsanlage führte. Er prüfte abermals seinen Timer. Der Unfall hatte ihn wertvolle Zeit gekostet. Wenn er großes Glück hatte, waren die Maschinen noch nicht angelaufen. Es gab nur einen Weg, das herauszufinden. Sam kontrollierte seine Ausrüstung, aktivierte den Helm des Anzugs und begutachtete den Roboter. Dieser war zwar beschädigt, aber die elektronischen Bauteile schienen intakt zu sein, sodass das Meerwasser zwar hineinlaufen würde, aber trotzdem keinen Schaden an der Elektronik verursachen sollte. Jedenfalls hoffte Sam das inständig, ansonsten hätte er ein weiteres Problem, zusätzlich zum engen Zeitplan. »Es geht los, bleib unter Wasser direkt hinter mir!«, ordnete er dem Androiden an. Beide marschierten zunächst bis zu den Hüften ins Meer hinaus. Die Wellen versuchten sie wieder an den Strand zu drängen. Die Sonne war am Horizont untergegangen, nur das fahle Mondlicht schimmerte auf der Wasseroberfläche. Es wurde kühler, in der Ferne konnte Sam die Seeschiffe ausmachen, die mit ihren Fängen zurückkehrten. *Wir müssen uns beeilen, die Rebellen zählen auf mich.* Mit diesem Gedanken sprang er in die Fluten und tauchte sofort ab. Der Android sah ihm nach, zuckte kurz ungewollt und senkte seinen mechanischen Körper unter Wasser. Sam aktivierte eine kleine Lampe, die er an seinem Arm festmachen konnte, direkt neben der Sauerstoffanzeige, die ihm verriet, dass er dreißig Minuten hatte, um in den Wartungsschacht zu kommen.

Er drehte sich um. Der Roboter folgte ihm zu seiner Erleichterung ohne Probleme. Nach kurzer Zeit hatten sie die Öffnung der Pipeline erreicht. Das Stahlgitter glänzte unter Moos- und Algenwuchs hervor, kleine Fische schwammen an den beiden vorbei. Das Licht der Taschenlampe hatte sie angelockt. Sam kamen sofort die mechanischen Seeschlangen in den Sinn, die ihre Seascooter vor dem Stadtarchiv zerrissen hatten, doch vor der Pipeline schien alles ruhig zu sein, nur die Schatten von giftgrünen Algen, die durch den Seegang wippten, nahm er aus dem Augenwinkel wahr. Aus einem der Rucksäcke, den er sich vorne umgeschnallt hatte, holte er einen Schneidbrenner hervor. Sam betätigte den Knopf, und sofort fing das Wasser um die orangerote Flamme herum an zu brodeln. Der Android entfernte den Pflanzenwuchs von dem Stahlgitter. In seinen leblosen Augen spiegelte sich das grelle Licht des Brenners wider und ließ sie rot leuchten. Mit ruhiger Hand führte Sam die Flamme an den einzelnen Streben entlang. Er schnitt sie nicht durch, sondern ritzte die Stäbe nur an. Der Roboter sollte kräftig genug sein, um das Gitter gemeinsam mit ihm loszureißen. Als er fertig war, griff er jeweils eine Strebe, signalisierte dem Androiden, es ihm gleichzutun, und stemmte sich mit den Füßen gegen die Außenkante der Öffnung. Beide zerrten mit aller Macht an dem Stahlgitter. Lange hielt dieses den Kräften nicht stand und gab nach. Sam leuchtete vorsichtig in das Dunkel des Rohres. Bis jetzt waren die Maschinen nicht angelaufen; er spürte keinen Sog, als er behutsam seinen Kopf reinsteckte. Laut seiner Uhr am Arm dauerte es nicht mehr lange, bis die Rebellen den Hafen erreichen würden. Bis dahin musste er die Bombe im Inneren der Anlage gezündet haben, sonst könnten sie Gefahr laufen, entdeckt zu werden. Vielleicht hatte sich Maria, die frühere Arbeiterin, geirrt, und nachts würde die Entsalzungsanlage nicht laufen. Sam wünschte sich das mehr, als dass er es ernsthaft in Betracht zog. Er glitt langsam die ersten Meter durch die Pipeline, sein mechanischer Freund schwamm ihm hinterher. Die Wände waren spiegelglatt, durch eine Spezialbeschichtung konnte das Salzwasser den Rohrelementen nichts anhaben. Nach genau achtzehn Metern erreichten sie die Stelle, an der sich die Wartungsluke befinden musste. Sams Sauerstoff reichte noch für fünfzehn Minuten. Er leuchtete nach oben. Zwei Hebel, dazu ein vager Umriss, deuteten die Öffnung an. Während er den Mechanismus abtastete, spürte er einen leichten Sog, und sein Körper wurde allmählich weiter in die Röhre gesaugt. Er hörte die Maschinen, die anfingen, mit lautem Getöse anzulaufen. *Wenn wir die Luke nicht schleunigst öffnen, bin ich so gut wie tot*, hämmerte es in seinem Kopf. Da die Pipeline aus einzelnen zusammenmontierten Einheiten bestand, konnte sich Sam für kurze Zeit an den Rillen festklammern, solange der Strom nicht stärker wurde. *So ein verdammter Mist,* fluchte Sam in Gedanken. Der Roboter hing neben ihm, unaufhörlich nahm der Sog an Kraft zu. Kleine Steine und Fische wurden von außen in die Pipeline gezogen.

Die silbernen Seeschiffe trafen im Hafen der Stadt ein. Evelyn und ihr Team hatten sich während des Fluges über dem Wasser an der Außenwand entlanggehangelt und waren vom Heck aus durch einen schmalen Spalt ins Innere des Schiffes gestiegen.

»Hier Team Alpha, Team Bravo, Team Charlie, bitte kommen, over!« Zunächst gab es ein Rauschen in Evelyns Ohr. Die metallene Haut der Seegleiter störte das Signal. »Hier Team Bravo, sind im Maschinenraum, halten uns bereit, over!«

Mehrere Sekunden verstrichen, doch von Team Charlie kam keine Antwort. »Charlie, bitte kommen«, versuchte sie erneut, ihre Leute zu erreichen. Bruce prüfte die Kommunikationseinheiten an den Anzügen. »Mit unserer Technik ist alles in Ordnung, Eve«, bestätigte er daraufhin. Evelyn spitzte aus einer Öffnung auf das Meer. Der Hafen mit seinen riesigen steinernen Toren war schon in Reichweite, es konnte sich also nur noch um Minuten handeln. Im Dunkeln waren fliegende gelbe Lichtkugeln zu sehen, die die Schiffe sicher an die Anlegestellen lotsen sollten. Die Tore öffneten sich, der Lärm, der aus dem Hafen drang, übertönte das Tosen des Meeres. Evelyn wurde nervös, sie konnte Sam nicht kontaktieren, und von ihrem dritten Team hörte sie auch nichts. Sie schloss ihre Augen, um sich zu beruhigen. Als

Anführerin musste sie öfters spontan Entscheidungen treffen. Der Plan konnte sich jederzeit ändern. Daher war es als Teamleader notwendig, improvisieren zu können.

»Willkommen an Bord!« Die tiefe Stimme riss Evelyn augenblicklich aus ihren Gedanken. Beth und Akeno runzelten fast gleichzeitig die Stirn. »Wer zum Geier spricht da?«, kam es der kleinen Asiatin über die Lippen. Auch Bruce hielt seinen Finger ans Ohr und zuckte mit den Schultern. Evelyn drückte ihren Kopf an die Bordwand. »Wer sind Sie? Identifizieren Sie sich«, sprach sie angespannt. In ihr keimte ein schrecklicher Verdacht. Die Seeschiffe wurden unbemannt aufs Meer geschickt. Was eigentlich nur eines bedeuten konnte – sie waren aufgeflogen. Der Kanal, auf dem Team Charlie funkte, knackte erneut.

»Hier ist Kommandant Williams! Es freut mich, Ihre Bekanntschaft zu machen.« Dieser Mann mit dem blonden Haar, dem düsteren Blick und der tiefen Stimme war es auch gewesen, der damals in der Stadt Mike und Beth auf den Fersen gewesen war.

»Woher wussten Sie, dass wir auf den Seeschiffen sein würden?«, wollte Evelyn scharf wissen, ohne auf die gespielte Freundlichkeit des Kommandanten einzugehen. Auf einem unheimlichen Lachen folgten die Worte: »Ein schwarzhaariges Vöglein hat es uns gezwitschert.« Daraufhin vernahmen Evelyn und die anderen etwas, das wie Schüsse klang. »Hallo, was ist da los?« Ihre Stimme wurde dabei um eine Oktave höher.

»Nur die Ruhe, Ms. Spike!«, gab der Kommandant gelassen zurück. »Ich habe Ihre Leute ausgedünnt, das stört Sie hoffentlich nicht.« Das grässliche Lachen in ihrem Ohr und die aufgerissenen Augen ihrer Freunde nahm Evelyn wie durch einen Schleier wahr. *Nicht nur, dass sie verraten wurden, der Feind weiß, wer sie ist. Wer ihr Stiefvater war.* Dieser Gedanke kreiste in ihrem Kopf, machte sie unfähig zu reagieren.

»Verflucht, wir sind so gut wie tot«, stellte Bruce fest, zog seine Waffe hervor und entsicherte sie. Die Seeschiffe glitten durch die Tore, der Tumult im Hafen wurde lauter. Akeno trat neben Evelyn und riskierte einen Blick aus dem Schiff. »Sie erwarten uns, Eve«, sagte er entmutigt. Auch die anderen erkannten ihre ausweglose Situation. An den Anlegestellen wimmelte es von Einsatzfahrzeugen, Drohnen und Soldaten von Adamos Privatarmee.

»Ich schlage vor, Sie ergeben sich, ansonsten eröffnen wir das Feuer«, hörten sie über Funk vom Kommandanten.

»So ein Aufgebot, nur wegen ein paar Rebellen, wie kommt das?«, wollte Evelyn wissen.

»Mein Boss wollte es so, er liebt einen großen Auftritt«, sprach Williams, sein Schulterzucken dabei hatte sie regelrecht vor Augen. Die Anführerin wollte nicht noch mehr Leben auf dem Gewissen haben, deshalb befahl sie ihren Leuten, vorerst keinen Widerstand zu leisten. Die Seeschiffe legten an, die Rebellen konnten hören, wie die Einsatzteams der Stadtregierung an Bord kamen. *Sam, wo immer du steckst, es ist zu spät*, dachte sich Evelyn und legte ihre Waffe auf den Boden des Maschinenraums, als mehrere bewaffnete Soldaten sie umzingelten.

In der Entsalzungsanlage kämpfte Sam gegen den Sog in der Pipeline an. Seine Finger der einen Hand hingen in der Rille, mit der anderen griff er nach dem Hebel der Wartungsluke. Eigentlich waren es zwei Ringe, die erst gedreht und anschließend angezogen werden mussten. Der Android erkannte im Licht der Taschenlampe, was Sam versuchte und packte sich den anderen Ring. Beide drehten an dem Mechanismus, dann klappten die Hebel nach unten. Die Maschinen liefen währenddessen wieder mit voller Kraft. Sam hielt sich jetzt mit beiden Händen an dem ersten Ring fest, der Roboter klammerte sich dagegen nur mit einer fest. Durch die Strömung kam es zu Verwirbelungen, sodass der Android mehrmals gegen die Wand der Pipeline geschlagen wurde. *Wir müssen diese Luke öffnen, lange geht das nicht mehr gut*, malte sich Sam im Gedanken aus. Irgendwie schaffte er es an dem Hebel zu ziehen, ein Klacken deutete an, dass die erste Sicherung entriegelt war. Seine Taschenlampe wurde durch den Sog ins Innere gesaugt, plötzlich war es stockfinster. Die bläulichen Linien im Gesicht des Roboters flackerten wie Blitze in der Dunkelheit. Sam biss die Zähne zusammen, er hatte fast keine Kraft mehr. Eine

Hand war ihm schon weggerutscht. Er baumelte an drei Fingern der anderen. *Na los, du Schrotthaufen, zieh an dem verdammten Hebel*, fluchte er im Geiste. Ein zweites Klicken ertönte, die Wartungsluke sprang auf. Gerade als Sam sich mit letzten Kraftreserven in die Öffnung zog, klapperte und schabte es in der Dunkelheit. Da das Stahlgitter fehlte, musste ein größeres Objekt in die Pipeline gezogen worden sein. Jedenfalls kam es schnell näher und würde sie mit in die Anlage reißen. Nun war Eile geboten. Sam war schon fast aus der Röhre gestiegen, als ihn etwas am Bein erwischte und wieder nach unten zog. Es war ein rostiger Stahlträger eines Schiffswracks, der sich durch den Sog vom Meeresboden gelöst hatte und ihn nun wieder nach unten riss. Der verdammte Fuß steckte in einem der Löcher des Trägers fest. Sam konnte den Androiden nicht mehr ausmachen. Dieser war von dem Schiffsbauteil getroffen worden und in der Finsternis verschwunden. Glücklicherweise verkeilte sich der Träger an den Wänden, was Sam Zeit verschaffte. Die Sauerstoffanzeige blinkte an seinem Arm auf. Für fünf Minuten würde die Luft noch reichen. Einerseits drückte ihn die Strömung gegen den Metallträger, anderseits hinderte sie ihn daran, seinen Fuß zu befreien. Plötzlich kam ihm eine Idee, eine letzte Chance, heil aus diesem Dilemma herauszukommen. Die Bombe, die eigentlich für Ablenkung sorgen sollte, müsste wirksam genug sein, die Maschinen außer Gefecht zu setzen. Das einzige Problem war, dass ihm die Druckwelle die inneren

Organe zerreißen würde. Selbst für das ideale Abbild eines Homo sapiens gab es Grenzen. Ihm blieb keine Wahl, viereinhalb Minuten laut Anzeige, danach müsste er ungewollt testen, wie lange man mit einer perfekt geschaffenen Lunge die Luft anhalten konnte. Der Schmerz in seinem Bein pulsierte, es war bei der Aktion verdreht worden. Er biss sich auf die Lippen, löste einen der beiden Rucksäcke und wühlte in der Tasche herum, bis er die Bombe fand. Es war ein handliches Gerät, die Sprengladung im Inneren war klein, aber Bruce hatte im Lager gemeint, dass sie die Kraft von mindestens zwei Handgranaten hatte. Der Träger ächzte, als er durch die anhaltende Strömung bewegt wurde – er löste sich langsam, aber sicher von den Wänden. Sam entfernte nun den zweiten Rucksack. Er musste bedauerlicherweise auf die Ausrüstung verzichten, sein Leben hing an zwei Minuten. Mit einem Knopfdruck aktivierte er die Sprengladung und stellte den Timer auf sechzig Sekunden. Danach klemmte er die Bombe in eines der Löcher des Schiffsträgers. Jetzt hatte er beide Hände frei, und ohne den zusätzlichen Ballast der Taschen auch mehr Bewegungsfreiheit. Zu seiner Erleichterung gelang es ihm, seinen Fuß rauszuziehen. Indem Sam sich an dem Träger abstützte, drückte er sich gegen den Sog nach vorne an die Wartungsluke. Noch dreißig Sekunden, dann würde die Bombe detonieren. Sam rechnete sich die Zeit aus, die der Stahlträger benötigen würde, um mithilfe der Strömung den Weg in die Anlage zurückzulegen. Das Timing musste nahezu perfekt sein. Als die Uhr der Bombe auf zehn Sekunden stand, stemmte Sam sich ab, packte sich einen Ring der Luke und zog sich nach oben. Der Schiffsträger rauschte, losgelöst durch den zusätzlichen Druck, dem Lasernetz am Ende der Pipeline entgegen.

Die Rebellen wurden in Handschellen aus den einzelnen Seeschiffen abgeführt. Bruce hatte man bewusstlos geschlagen, nachdem er drei Soldaten mit bloßen Fäusten angegriffen hatte. Der kühle Nachtwind umspielte ihre Gesichter, als sie ins Freie traten. Evelyn zählte sofort ihre Leute durch. Team Bravo war vollständig und den Umständen entsprechend unversehrt. Von Team Charlie war nur Maria, die schwarzhaarige Frau, die früher in den Entsalzungsanlagen gearbeitet hatte, übrig. Den Rest des Teams hatte man wie Abfall ins Meer geworfen. Unter den schwarzen Locken konnte Evelyn sehen, dass Maria unablässig weinte. »Es tut mir leid, Eve!«, schluchzte sie.

»Noch sind wir nicht tot«, versuchte die Anführerin, die verängstige Frau aufzumuntern. Kommandant Williams trat vor die beiden, klopfte Maria auf die Schulter und sah Evelyn von der Seite an, um sich zu vergewissern, dass sie jedes Wort mitbekam. »Danke, ohne deine Hilfe hätten die Rebellen es vielleicht bis in das Gebäude der Stadtregierung geschafft.« Williams Lachen verspottete beide. Evelyn erkannte, was er gemeint hatte, als er auf dem Schiff gesagt hatte, *ein schwarzhaariges Vöglein hat es uns gezwitschert.*

»Warum hast du das getan?«, wollte sie ungläubig wissen. Tränen liefen wie ein Fluss über Marias Gesicht. »Sie haben meine Familie unter einem Vorwand verhaftet und ins Gefängnis gesteckt. Mir haben sie gedroht, sie alle auf der Stelle umzubringen, wenn ich nicht kooperiere. Sonst hätte ich das doch nie getan, ich hatte keine Wahl, ich musste diesen Köder auslegen.«

Deshalb also waren die Vorschläge, wie man sich Zutritt zur Stadt verschafft, von ihr gekommen, erkannte Beth und bedauerte dann laut: »Und wir haben nur allzu gerne angebissen.« Akeno gab dazu keinen Kommentar ab, sondern blickte stur in den Himmel. Bruce wurde ihnen vor die Füße geworfen wie ein Stück rohes Fleisch. Plötzlich machten alle Soldaten Platz, reihten sich auf und salutierten. Der Mann, der stolz auf sie zukam, hatte weißes Haar, passend dazu trug er einen elfenbeinfarbenen Mantel. Er lief schnurstracks auf Evelyn zu. »Was für eine angenehme Überraschung«, sagte er vergnügt. Dann sah er seinen Kommandanten an. »Gute Arbeit, Williams!« Dieser nickte nur kurz und wartete auf weitere Befehle. Leo Adamo begutachtete die Gefangenen, dann sagte er: »Kniet doch bitte nieder, wie es sich für besiegte Feinde gehört!« Die Soldaten, die hinter den Rebellen standen, schlugen ihnen mit den Gewehren in die Kniekehlen. Diese sackten zusammen und fielen zu Boden. Einige wollten protestieren, wurden aber sofort mit brutaler Härte zum Schweigen gebracht. Ein Soldat trat näher heran, salutierte und flüsterte Adamo etwas ins Ohr. »Äußerst tragisch, es gab eine Explosion in der Entsalzungsanlage«, sagte der Weißhaarige daraufhin ruhig und faltete dabei nachdenklich seine Hände. Beth und Akeno horchten auf. Hatte Sam wenigstens sein Ziel der Mission erreicht?

»Die Bombe hat einen Teil der Pipeline zerstört, kein großer Schaden. In zwei bis drei Tagen läuft die Anlage wieder«, enttäuschte sie der Mann im Elfenbeinmantel jedoch sogleich. Er beugte sich zu Evelyn, grinste sie dämonisch an und fügte hinzu: »Meine Soldaten haben Reste eines Androiden gefunden, euer Übermensch hat diese Explosion mit Sicherheit nicht überlebt!« Evelyn gestand sich ein, dass er recht haben musste. Es war vorgesehen, dass die Bombe in der Steuerzentrale hochging, nicht in der Pipeline. Die Enttäuschung, dazu der mögliche Verlust von Sam, dem sie zugetan war, vermochte sie nicht zu verbergen. Dies amüsierte wiederum Adamo. Gerade als er den Kopf weiter nach unten senkte, um sich an ihrem Ausdruck zu laben, spuckte sie ihm ins Gesicht. Mit einer schwungvollen Handbewegung wischte er sich den Speichel ab.

»Bringt uns doch gleich hier um«, forderte Evelyn ihn heraus. Der weißhaarige Mann ging in die Hocke, seine smaragdgrünen Augen fixierten sie. »Nicht so eilig, meine Liebe. Der Tod kommt früh genug.« Er schnippte mit den Fingern, damit die Gefangenen abtransportiert wurden. Als man Evelyn auf die Beine hob, trat Adamo nah an ihr Gesicht. »Mithilfe des Parasiten werde ich deine Aufmüpfigkeit im Keim ersticken, kleine Schwester!«

15

Nur um ein Haar war Sam der Detonation der Bombe entkommen und hatte sich im letzten Moment in den Wartungsschacht der Anlage gezogen, damit ihn die Druckwelle aus Wasser und Beton nicht mitreißen konnte. Mithilfe des Tarnfelds seines Anzugs war es für ihn ein Leichtes gewesen, unbemerkt an den Robotern und dem Wartungspersonal vorbeizukommen. Diese waren ohnehin mit dem Chaos beschäftigt, das er verursacht hatte. Trinkwasser war lebensnotwendig, die Reparatur der Pipeline hatte höchste Priorität. Einem Mann, der für alle Augen unsichtbar war, fiel es daher nicht schwer, sich an ihnen vorbeizuschleichen. Zu seiner Überraschung waren in der Entsalzungsanlage zudem mehrere Soldaten präsent. Offensichtlich waren sie von jemandem alarmiert worden. Sams Ziel bestand ursprünglich darin, sich mit seinen Freunden in den Abwasserkanälen zu treffen, nachdem die Bombe in der Steuerzentrale detoniert war. Das Kanalisationsnetz, das sie aus dem Chip des Wolfsroboters ausgelesen hatten, sollte ihnen helfen, bis in das Regierungsgebäude vorzudringen. Jetzt, da die Bombe wenigstens einen Teil der Pipeline zerstört hatte, suchte er sich einen Weg aus der Entsalzungsanlage.

Es herrschte wenig Verkehr in der Stadt, Sam bewegte sich im Schutz der Dunkelheit durch die Straßen. In einer schmalen Gasse hielt er inne, um Kontakt mit seinen Freunden aufzunehmen. »Hallo, hier ist Sam, bitte kommen.« Es folgte ein minutenlanges Rauschen, er tippte an den Knopf im Ohr, aber bekam keine Antwort. Entweder wurden die Funkwellen gestört oder ihnen war etwas zugestoßen. Da Sam sich nicht sicher sein konnte, was die Situation der Rebellen betraf, beschloss er, vorerst am vereinbarten Treffpunkt unterhalb der Stadt zu erscheinen. Die Kanalisation war ein Irrgarten, deshalb wollte Sam die verwinkelten Gassen nutzen, um vorwärtszukommen, schließlich konnte er auf das Tarnfeld des Anzugs zurückgreifen. Sam begab sich auf den Weg durch die Stadt, dabei kreuzte er ein paar Querstraßen und nahm einige Abkürzungen durch enge, mit Pflanzen dicht bewachsene Gassen, um ungesehen zu bleiben. Trotz seiner Unsichtbarkeit wollte er keinen Passanten versehentlich anrempeln oder in eine Horde Polizeibeamter laufen, die nachts auf den Hauptstraßen präsent waren. Durch sein fotografisches Gedächtnis hatte Sam die gesamte Stadt bis ins Detail in seinem Kopf abgespeichert. Er kannte sich somit besser aus als jeder andere. An der nächsten Ecke war er im Rotlichtbezirk angelangt. Hologramme von Tänzerinnen in knappen Outfits, die sich einige Meter über dem Boden erotisch bewegten, versuchten Besucher anzulocken. Es gab Bars, Diskotheken, Casinos, Restaurants und Tattoo-Studios. Sam lief, ohne gesehen zu werden, in schnellem Schritt an einer korpulenten, grünhaarigen Frau vorbei, die sich auf offener Straße von einer Maschine ein Neontattoo in Form eines Drachen, auf den Rücken tätowieren ließ. Es wurde gesungen und gelacht, Geruch von billigem Alkohol hing in der Luft. An den Wänden mancher Geschäfte wuchsen Kletterpflanzen, die im Dunkeln genauso auffallend leuchteten wie der Rest der Stadt. Aus einem der Casinos, dessen Tür die Form eines halben Roulettekessels besaß, kam ein dünner, wütender Mann gestürmt. Er fluchte. Offenbar hatte er, wie so viele, kein Glück gehabt. Prostituierte lehnten an den Häuserwänden und boten sich den männlichen Passanten grinsend an. Einige schienen gewöhnliche Frauen zu sein, andere hingegen Androiden. Auf der gegenüberliegenden Straßenseite, unter einer grellen Neonlampe, die hellblau flackerte, standen ein halbes Dutzend Polizisten, die sich unterhielten. Ihre Drohnen kreisten wie Bienen um sie herum. Das Gespräch der Gesetzeshüter wurde unterbrochen, als aus einer Gasse zwei halbstarke Sechzehnjährige stürmten, die Graffitis über die Slogans der Stadtregierung gesprüht hatten. Gegen die eiförmigen Drohnen hatten die beiden keine Chance, sodass sie im nächsten Augenblick schon mit Magnethandschellen und mit dem Gesicht im Schmutz auf der Straße lagen. Sam beobachtete das Geschehen und wunderte sich über die brutale Vorgehensweise, während er aber die Gelegenheit nutzte, um in das nächste Viertel zu gelangen. Zwei der sechs Polizisten waren mit den Jugendlichen in einen Transporter der

Police-Force gestiegen. Die silbernen Drohnen hängten sich seitlich am Wagen ein, während die anderen vier die Stellung hielten. Diese kamen Sam seltsam vor, sie schienen sich von normalen Polizisten enorm zu unterscheiden. Wenn er raten müsste, hätte er auf ein Sonderkommando getippt. Einer von ihnen war groß gewachsen, hatte breite Schultern, kurzes schwarzes Haar und eine Narbe, die sich durch das kaukasische Gesicht zog. Er musste der Anführer sein, da er die Übrigen befehligte. Die zweite Person der Einheit war eine zierliche Frau mit blondem Haar. Aus der Ferne machte Sam dennoch markante Details an ihr aus. Die stramme Haltung und die schmalen Lippen verliehen ihr ein strenges Aussehen. Ihre Augen waren katzenartig gelb mit dünnen schwarzen Pupillen. Die Frau trug, genau wie ihre Kollegen, dunkle Militärkleidung, die mit der Nacht zu verschmelzen schien. Der Dritte mit einer Sturmmaske machte immer dann Handzeichen, wenn er angesprochen wurde. Offensichtlich war er nicht in der Lage zu sprechen und bediente sich deshalb der Gebärdensprache. Das vierte Mitglied stellte sich bei näherer Betrachtung als Roboter heraus. Sam meinte ein aschgraues Gesicht, lilafarbene Augen und Rillen statt eines Mundes gesehen zu haben. Mit einem Mal blickten alle vier wie auf Kommando in seine Richtung. Konnte das sein? Laut dem Stand seiner Anzeige war er weiterhin unsichtbar. Sam ging kein unnötiges Risiko ein und verschwand kurzerhand in der Gasse hinter sich.

Die zwei Polizisten hoben mit dem bulligen Fahrzeug ab und glitten langsam durch das Viertel. Avery, der Anführer, blieb mit seinen Leuten zurück, nachdem sie ihre Ausrüstung geschultert hatten. Der Roboter 591, den sie scherzhaft *FourArms* nannten, hatte auf der anderen Seite eine Gestalt ausgemacht. Einen *Geist* sogar. Dieser hätte sie beobachtet und wäre dann geflohen, hatte er mechanisch geächzt. Hinter seinen Rillen verbarg sich ein Lautsprecher. *FourArms* war ein veraltetes Modell aus Kriegszeiten. Doch Jane, die blonde Nahkampfexpertin, deren Wurzeln in Russland lagen, wollte ihn unbedingt in der Truppe wissen. Er konnte seine Arme teilen, was ihm einen Vorteil im Kampf verschaffte, daher der Spitzname. Sie selbst hatte sich einem Genexperiment des Militärs unterzogen. Fortan sah sie nachts so gut wie eine Katze. Blake, der vierte Soldat hatte als Kind mit ansehen müssen, wie seine Mutter getötet wurde. Seitdem hatte er aufgehört zu sprechen. Als Kämpfer im Militär und bei der Polizei hatte er sich einen Namen gemacht. Genau wie seine Kollegen hatte er sich von Leo Adamo anwerben lassen, nachdem dieser die Stadt übernommen hatte. Die Gebärdensprache, die er seit jeher nutzte, hatten seine Kameraden ebenfalls erlernt, da man sich so auf großer Distanz ohne Technik verständigen konnte. Bei gefährlichen Einsätzen wurde sowieso nie gesprochen. Sein Markenzeichen war eine schwarze Sturmmaske mit einem roten Streifen in der Mitte.

»Was soll das heißen, du hast einen *Geist* gesehen?«, fragte Jane mit ungläubiger Miene. Der Roboter drehte seinen Kopf zu ihr: »Dort in der Gasse ist er verschwunden!« Avery, der grobe Anführer, lachte laut auf. »Seit wann glauben Maschinen an Gespenster?«, fragte er höhnisch und verpasste *FourArms* einen leichten Schlag auf den Kopf.

»In meinem Speicher finde ich für die Erscheinung nur dieses Wort, das euch Menschen bekannt ist«, rechtfertigte sich der Android. Blake machte einen Schritt, sodass er zwischen seinen Leuten stand. Er war ein großgewachsener Mann, von der Statur wie Sam. Mit den Händen deutete er an, dass der Roboter durch seinen Blick, der verschiedenen Spektren besaß, die Welt um sie herum anders wahrnahm. Jane überlegte kurz, zog einen Zahnstocher hervor und schob ihn sich in den Mund. »*FourArms* ist kein Lügner, er kann nicht einmal lügen. Vielleicht treiben sich noch Rebellen in der Stadt herum«, sagte sie, und ihre katzenhaften Augen spähten dabei über die Straße. Ihr Anführer entsicherte seine Handfeuerwaffe: »Auf Nummer sicher zu gehen, kann ja nicht schaden. Wer weiß, möglicherweise wird die Nacht doch noch reizvoll.« Gemeinsam marschierten sie in die Gasse. Plötzlich donnerte es, Regen kündigte sich an.

»Da, hinter den Mülltonnen kauert der Geist«, rief der Android ungewollt laut und zeigte mit seinen metallenen Fingern in die Richtung. Irgendetwas stieß daraufhin einen der Abfallbehälter um, und die vier Polizisten konnten Schritte hören, die sich zügig entfernten. »*FourArms* nimm die Verfolgung auf!«, befahl Avery, ohne zu zögern. »Der Rest geht mit mir. Wir werden diesem sogenannten Geist den Weg abschneiden.« Der Android setzte zum Sprint an und bog um die Ecke. Die anderen drei nahmen die Hauptstraße, um an deren Ende der flüchtigen Gestalt den Weg abzuschneiden.

Die ersten Regentropfen benetzten Sams Anzug. Er versteckte sich hinter einer der Mülltonnen. Als er sah, wie die vier Beamten direkt auf ihn zukamen, beschloss er, zu fliehen, statt zu kämpfen. Mit diesen Gesetzeshütern wäre er vermutlich leicht fertig geworden, aber er wollte weder ungewollt Aufmerksamkeit auf sich lenken, noch der Stadtregierung ein mediales Fressen für die vermeintliche Blutrünstigkeit der Rebellen liefern. Was Sam jedoch trotzdem nicht gebrauchen konnte, war eine Truppe Polizisten, die ihn bis in die Kanalisation verfolgte. Der schmale Weg führte links in eine Nebenstraße und anschließend zurück auf die Hauptstraße. Aus der Ferne sichtete er die drei Beamten, die den Weg versperrten. Hinter sich hörte er die mechanischen Schritte des Androiden. Der Regen hatte zugenommen. Blätter und Äste der vertikalen Gärten hingen herunter, teilweise boten sie einen Sichtschutz. *Entweder der Roboter oder die anderen drei*, jonglierte Sam den Gedanken in seinem Kopf. Da sie den Androiden alleine losgeschickt hatten, würde er keinen leichten Gegner abgeben. Trotzdem entschloss sich Sam, gegen den Roboter zu kämpfen, um danach auf das Dach eines der Gebäude zu klettern. Von oben hatte man einen weitaus besseren Überblick. Keine vier Sekunden später sah er sich dem Androiden gegenüber, der sein Tempo umgehend verlangsamte, als er auf Sam traf.

»Ich kann Sie sehen!«, hämmerte es aus den Rillen des Roboters hervor. Durch den Regen wurden zusätzlich Sams Körperkonturen sichtbar. Aus dem Augenwinkel konnte dieser die anderen drei Gesetzeshüter wahrnehmen, die sich ebenfalls in die Gasse schlichen. Ohne eine Antwort zu geben, stürzte sich Sam wie ein Tier auf den Roboter. Beide krachten so hart gegen die Häuserfassade, dass der Aufprall Risse in der Wand entstehen ließ. Mit einer schnellen Bewegung griff Sam nach dem Kopf seines Gegners und versuchte, diesen vom Hals zu drehen. Die Hände des Androiden, die jeweils aus sechs Fingern bestanden, umschlossen die Arme von Sam. Als der mechanische Polizist bemerkte, dass er den Griff nicht lösen konnte, ließ er kurzzeitig ab. Sam dachte schon, gewonnen zu haben, als sich die Arme des Androiden vor seinen Augen teilten. Nun besaß dieser vier Armglieder, die wie ein Trommelfeuer auf Sam einschlugen. Er wich instinktiv zurück, hob schützend seine Fäuste und blockte mit präziser Schnelligkeit jeden Schlag ab.

»Das ist unmöglich«, kam es aus dem Roboter heraus.

»Ich wurde so konstruiert, dass die Reflexe eines Menschen meinen Fähigkeiten unterlegen sein sollten.« Dabei ließ er die Arme sinken. Sam nutzte den Moment, tauchte unter den Androiden ab, packte sich eines der Armglieder und riss es mit voller Wucht aus dem Schultergelenk. Sein Gegner schritt zur Seite und blickte schief auf die losen Kabel, die hervorstanden und aus denen kleine Funken sprühten.

»Was bist du?«, stotterte der menschenähnliche Roboter, denn seine Datenbank besaß keinerlei Hinweise von dem, was ihn angriff. Mit dem losen Arm in seiner Hand hatte Sam vorübergehend einen Knüppel, mit dem er dem Androiden von der Seite auf den Schädel schlug. Als dieser dagegenhielt, riss Sam ihm eine weitere Gliedmaße aus. Schwankend tastete sich der Roboter, mit dem Rücken gegen die Wand gepresst, an dem Haus entlang. Sein Kopf hatte eine kleine Delle, ein Auge war bereits erloschen. Sam wollte kurzen Prozess machen, da er die Stimmen der anderen Polizisten hörte, deren Echos in der schmalen Gasse widerhallten. Ein gezielter Fußtritt gegen den Schädel, danach konnte Sam das metallene Knacken des Halsgelenks vernehmen. Das lilafarbene Licht erlosch nun auch in dem anderen Auge, das durch den Fußtritt heraushing. Kleine Blitze tanzten im Gesicht seines Gegners, die Regentropfen liefen daran herunter und verursachten einen Kurzschluss. Gerade noch rechtzeitig, bevor die drei Polizisten an der Stelle ankamen, sprang Sam zur Feuerleiter wenige Meter hinter dem demolierten Roboter hoch.

»Hört ihr das? Klingt wie ein Kampf«, rief Jane und rannte voraus. Avery hielt seine Kanone fest im Griff und versuchte, sie einzuholen. Hinter ihnen sicherte Blake den Weg, um jeden daran zu hindern, aus der Gasse zu fliehen. »Seien Sie vorsichtig, Jane!«, rief der Anführer ihr nach. *Wir wissen nicht, womit wir es zu tun haben*, sprach er zu sich selbst. Seit dem Kampf damals gegen einige Rebellen, von wo auch die abscheuliche Narbe in seinem Gesicht herrührte, agierte er vorsichtiger. Zwar immer noch als Draufgänger, aber nicht mehr so blind, voller Selbstüberschätzung.

»Verdammter Mist«, bellte Jane und senkte sich auf die Knie, um *FourArms* zu begutachten. Sie wischte sich eine ihrer blonden Strähnen aus dem Gesicht, spuckte den Zahnstocher aus und steckte ihre Waffe weg. »Ihn hat es übel erwischt«, sprach sie mitleidig, wobei sie dessen Arme aufsammelte.

»Aber was wäre dazu in der Lage?«, fluchte Avery verärgert. »Womöglich der slawische Gott des Donners?«, überlegte er laut, um damit Jane auf den Arm zu nehmen, die mit ihrer russischen Vergangenheit abgeschlossen hatte.

»Reden Sie keinen Mist!«, ermahnte sie ihren Boss. Währenddessen hatte sich Blake zu ihnen gesellt und deutete mit seinen Händen an, ein Geräusch auf dem Dach wahrgenommen zu haben. Averys Blick wanderte nach oben an der Leiter entlang, die Regentropfen prasselten dabei auf ihn ein wie kleine Steine, so heftig hatte es angefangen zu regnen. »Da hängt Schlamm an der Feuerleiter!« Mit einer Hand wischte er über die Sprossen, danach verrieb er den Schmutz zwischen seinen Fingern. »Ist frisch, was immer *FourArms* überwältigen konnte, muss sich da oben verstecken«, sagte Avery mit zugekniffen Augen.

»Dann nichts wie hoch«, forderte Jane ungeduldig.

»Ich habe eine bessere Idee«, unterbrach der Anführer sie. »Sie beide klettern dort drüben auf das angrenzende Gebäude. So können Sie mir Feuerschutz geben.« Widerwillig nahm Jane den neuen Befehl entgegen, maulte etwas auf Russisch und entfernte sich zusammen mit Blake. Vorsichtig erklomm Avery die Sprossen – mit der Pistole voraus, um sofort schussbereit zu sein. Kurz vor dem Ende der Leiter hielt er inne, damit seine Leute auf dem anderen Dach Stellung beziehen konnten. Nach circa zehn Minuten teilte Jane angespannt über Funk mit: »Okay, Boss, sind auf Position.« Blake hatte sein vollautomatisches Scharfschützengewehr zusammengesetzt und es mit einem Dreibein gestützt. »Unser stummer Kamerad hat die gesamte Überdachung im Fadenkreuz«, erklang Jane erregt aus dem Stöpsel in Averys Ohr. Dieser schwang sich über die Dachkante und hechtete geduckt hinter den Sicherungskasten, der in der Nähe stand. Jane holte ihr Fernglas hervor. Mit ihren katzenähnlichen Augen benötigte sie nicht einmal den

Nachtsichtmodus. »Scheint alles friedlich zu sein, ich erkenne nichts Verdächtiges«, gab sie entnervt von sich. Neben ihr setzte Blake seine Spezialpatronen in den Lauf, die mit einer giftigen Legierung versehen waren. Sobald eine Kugel in einer Person eingedrungen war, löste sich die Legierung auf und vergiftete den Körper in wenigen Minuten. Mithilfe eines Echtzeit-Leitsystems konnte die Flugbahn der Kugel geringfügig geändert werden, um das Ziel hundertprozentig zu treffen, sofern kein Hindernis im Weg stand. Durch das Zielfernrohr behielt Blake ebenfalls das Dach unter Kontrolle.

»Ich arbeite mich weiter vor«, informierte Avery seine Leute. Er suchte nach der nächstbesten Deckung, rollte sich ab und verharrte hinter einem maroden Baum, da auf dem Dach ein kleiner Garten wuchs. Die Bürger waren durch die Stadtmauern von der Außenwelt abgeschnitten, weshalb einige sich die Natur ins Haus oder in diesem Fall auf das Gebäude geholt hatten. Avery lugte unter einem Ast hervor, jedoch wurde seine Sicht durch den Regen eingeschränkt. *Das Unwetter verleiht diesem Geist einen enormen Vorteil*, bewertete der Anführer, prüfte seine Kanone und kroch auf allen vieren auf einen Busch zu. *Moment, neben der Reklametafel hatte sich etwas bewegt*, teilte ihm sein Unterbewusstsein mit. Sein Blick glitt zurück und blieb dabei an der roten Neonschrift hängen, die in riesigen Lettern das Wort *House of Arts* bildete. »Sehen Sie das? Neben dem Wort *Arts* fließt der Regen unförmig, nicht geradlinig«, flüstere Avery seinen

Leuten zu.

»Hast du es im Visier, Blake?«, fragte Jane ihren Kameraden, der am Boden lag und den Finger am Abzug hatte. Nach ein paar Sekunden nickte dieser, ohne einen Ton von sich zu geben.

Das Licht der Reklame brannte in Sams Augen. Hinter ihm ging es fünf Stockwerke in die Tiefe. Einer der Verfolger hatte sich unter einem Busch versteckt, die anderen konnte er nicht ausfindig machen. Durch den Kampf mit dem Androiden funktionierten die Sichtmodi im Helm nicht mehr. Ein ungünstiger Moment, womöglich hatten sie ihn bereits eingekreist oder lagen auf einem der gegenüberliegenden Dächer auf der Lauer. Er musste schleunigst von hier weg. Gerade als er am Sims nach unten stieg, erhellte ein Blitz, der vom Himmel herabfuhr, die rabenschwarze Nacht. Es war nicht mal eine Viertelsekunde, aber es genügte, damit Sam auf dem anderen Gebäude kurzzeitig zwei Personen bemerkte. Ohne nachzudenken, sprang er zur Seite. Zeitgleich unterbrach ein Schuss die Stille der Nacht, und eine Kugel schlug neben ihm in dem Buchstaben S ein.

»Wir haben ihn!«, hörte Sam den Polizisten hinter dem Buschwerk rufen, der daraufhin im Sprint auf die Reklametafel zukam. Durch das rote Neonlicht sah er, dass es sich um den Mann mit der Narbe im Gesicht handelte. Mit einem Satz war er wieder auf den Beinen, drückte sich gegen einen der Buchstaben und wartete auf seine Gelegenheit. Der Beamte beugte sich über das Dach. Als er seinen Kopf nach links bewegte, blitzte es erneut. Zu seinem Schrecken konnte er eine aufrechte Silhouette ausmachen, an der das Regenwasser herunterlief. »Was zum Geier?« Mit diesen letzten Worten bekam der Polizist einen heftigen Tritt und flog über das Dachsims. Unten klatschte er auf, einer leblosen Puppe gleich. Sam blickte unbeeindruckt auf den Asphalt, der Gejagte war zum Jäger geworden. *Zwei fehlen noch*, rechnete er sich aus und kletterte über den Rand auf einen etwa ein Meter breiten Vorsprung. Es dauerte nicht lange, da tauchten die beiden auch schon auf. Aufgebracht schrie die blonde Frau den Namen ihres Teamleaders. »Avery, wo zur Hölle sind Sie?« Der andere Polizist mit der schwarzen Maske hielt sein Gewehr fest, hierbei kam er der Reklametafel gefährlich nahe. Sam merkte, dass es eng wurde, er konnte nicht weiter. Die brenzlige Situation wurde abrupt durch ein riesiges Hologramm entschärft, das plötzlich über dem gesamten Viertel thronte.

»Eine wundervolle Nacht wünscht der Stadtrat seinen Bürgern!« Ein älterer Mann mit weißem Bart und blauer Robe verbeugte sich, was so aussah, als würde sein Kopf den Häuserblock eindrücken. »Wir haben erfreuliche Neuigkeiten für unsere treuen Bürger.« Eine junge Frau, die ebenfalls eine azurblaue Robe trug, schob sich ins Bild. Vermutlich wurden sie von einer Kamera im Regierungsgebäude gefilmt, und das Hologramm in der Stadt in Echtzeit projiziert. Die beiden Gesetzeshüter hielten inne und lauschten den Worten. »Wie wir soeben erfahren haben, konnten unsere Leute die Rebellen, die uns seit Jahren Ärger machen, in Gewahrsam nehmen.« Ein Lächeln umspielte das Gesicht des Hologramms. Für Sam kam das einer Hiobsbotschaft gleich. Seine Freunde hatten es nicht geschafft. Verzweifelt suchte er nach einem neuen Plan.

»Morgen wird ihnen der Prozess gemacht, danach erhalten sie eine angemessene Strafe«, dröhnte es über die Straßen. Dann fügte das ältere Ratsmitglied etwas hinzu, das Sam merkwürdig bekannt vorkam.

»Sicherheit ist das oberste Gebot für unsere Bürger, die Freiheit außerhalb dieser Mauern bedeutet deren Untergang!« Erst jetzt fiel Sam der seelenlose Blick in den Augen der Stadträte auf. *Genau wie damals im Stadtarchiv, als der Soldat den Befehl erhielt, uns zu töten*, erinnerte er sich. Höchstwahrscheinlich standen sie ebenfalls durch den Parasiten unter Adamos Einfluss. Das Hologramm löste sich auf, die beiden Polizisten starrten sich an. *Mir bleibt nur die Flucht nach vorn,* grübelte Sam. Einen fairen Prozess konnte man sicher nicht erwarten. Alles nur Show für die Bürger, um ihnen den Schein einer halbwegs gerechten Stadt vorzuspielen. Der Weg durch die Kanalisation würde unnötig Zeit in Anspruch nehmen, vor allem da er nicht im Besitz der Karte war. Sam beschloss, sich die Uniform des Maskierten anzueignen. Er würde einfach durch den Haupteingang des Regierungsgebäudes marschieren, um seine Freunde vor dem sicheren Tod zu bewahren.

»Avery, kommen Sie raus, man hat uns ins Regierungsgebäude zurückbeordert«, forderte Jane ihren Boss auf, mit dem Versteckspiel aufzuhören. Dabei entfernte sie sich unbeabsichtigt von Blake, der, getrieben von einem wilden Siegeswillen, weiter das vermeintliche Gespenst suchte. Der Lauf seines Scharfschützengewehrs ragte über das Dach hinaus, als etwas danach griff und ihn nach vorne riss. Durch einen Schlag auf den Kopf verlor er das Bewusstsein, bevor er realisierte, was vor sich ging. Jane stolperte nervös auf dem Dach herum, als sie merkte, dass sie seit einigen Minuten allein war. »Hallo Leute, das ist nicht witzig, hört auf mit dem Unsinn!« Bilder von Perun, dem Gott des Gewitters aus der slawischen Mythologie, schossen ihr durch den Kopf. Im Kindesalter hatte man ihr eingebläut, niemals seinen Namen rufen zu dürfen. Sie wischte den Gedanken beiseite, im selben Moment legte sich eine Hand auf ihre Schulter. Erschrocken fuhr sie herum, zu ihrer Erleichterung erblickte sie Blake.

»Hast du etwas gefunden?«, wollte Jane wissen. Der vermeintliche Blake nickte und wies sie an, ihm zu folgen. Am Rand neben der Reklametafel deutete er nach unten. Auf der Straße lagen zwei Menschen, deren Blut in den nahegelegenen Abwasserkanal floss.

»Shit, ist das Avery, aber wer ist der andere?«, fragte Jane und starrte ungläubig nach unten. Mithilfe der

Gebärdensprache signalisierte Sam, genau wie es der echte Blake an seiner statt getan hätte, dass es sich dabei um den Flüchtigen handelte und er ihn in einem kurzen Zweikampf in die Tiefe gestoßen hätte. Jane musterte ihren vermeintlichen Kollegen. Irgendetwas kam ihr an Blake merkwürdig vor. Aber in der Dunkelheit bei dem stürmischen Regen konnte sie sich täuschen. »Unsere Kollegen sammeln wir später auf, wir müssen sofort ins Regierungsgebäude.« Da Jane die Nummer Zwei in dem Team war, hatte sie jetzt das Sagen. »Der Chef höchstpersönlich will uns sehen, Befehl von Williams. Wir haben die Ehre, die Rebellen zu exekutieren.« Daraufhin machte Jane auf dem Absatz kehrt, rannte über das Dach und kletterte nach unten. Blake folgte ihr auf dem Fuße, dann warteten sie auf einen Transporter, der sie zum Regierungsgebäude bringen sollte. Während der Fahrt beäugte Jane immer wieder Blake. »Geht es dir gut, Kamerad?«, hakte sie mehrmals nach, stets in Erwartung, eine Antwort von dem Stummen zu erhalten. Dieser nickte nur geruhsam, dabei sah er ungewohnt oft aus dem Fahrzeug. In der Ferne erhob sich das Zentrum der Stadtregierung. Das Symbol, drei Linien, die ein Dreieck bildeten, dazu das Schwert in der Mitte, leuchtete blau in der Dunkelheit. Das Gebäude selbst war elfenbeinweiß, vier Gebilde schwangen sich wie Finger in den Himmel. Dazwischen waren die einzelnen verglasten Stockwerke errichtet worden. An der Spitze, wo sich die vier Wände fast berührten, saß eine riesige Glaskugel, die

227

sich nach unten hin wie eine Sanduhr zuspitzte. Seitlich wuchsen allerlei Pflanzen hinab, die durch die Lichter der Metropole merkwürdige Farben angenommen hatten. Soldaten in Kampfanzügen marschierten an den Zäunen entlang. Das Ganze glich eher einer Festung als einem Gebäude, von wo aus friedlich das Volk gelenkt werden sollte. Vor den Stufen senkte sich das Gefährt ab und öffnete seine Türen, die wie Flügel aufklappten. Jane und Sam im Kostüm des Feindes stiegen aus, um sich in das Innere des riesigen Komplexes zu begeben.

16

Bruce hämmerte wie wild gegen das gelbe Kraftfeld in der Gefängniszelle. Es war eine Barriere aus reiner Energie statt Gitterstäben.

»Hör schon auf, das bringt doch nichts«, versuchte Akeno, ihn zu beruhigen. Er und Beth saßen mit verschränkten Armen auf dem Boden, als würden sie meditieren. Seit Bruce erwacht war, hatte er die gesamte Zelle nach einer Schwachstelle abgesucht. »So leicht gebe ich mich nicht geschlagen«, brüllte er seine Freunde an. Die anderen Rebellen ließen kampfesmüde die Köpfe hängen, nur Maria hatte sich einsam in eine Ecke zurückgezogen. Seit sie in diese Zelle geworfen wurden, hatte Evelyn nicht mit ihr geredet. Das Warten auf die Reaktion der Anführerin machte ihr schwerer zu schaffen als eine mögliche Konfrontation. Evelyn stand neben Bruce, lehnte sich gegen den Schutzschirm und starrte nach draußen. Ab und an patrouillierten die Wachen und marschierten an ihnen vorbei. *Warum zum Teufel sagte er ,kleine Schwester‘*, diese Worte beschäftigten sie mehr als alles andere. Leo Adamo war ihr merkwürdig bekannt vorgekommen, jetzt, da sie ihm persönlich gegenübergestanden hatte. Evelyn schloss ihre Augen, ein Foto von ihr und ihrem Stiefvater erschien in ihrem Kopf. Auf diesem Bild war noch etwas anderes. Aber ihre Erinnerung konnte die Teile nicht zusammensetzen. Es war zu lange her, zu viel war seitdem passiert. Sie hoffte nur, vor ihrem Tod ein paar Antworten zu bekommen. Natürlich wollte Evelyn, genau wie Bruce, nicht kampflos abtreten, deshalb plante sie gedanklich einen letzten Gegenangriff, obwohl die Chancen gegen sie standen. Eine Anführerin weiß, wann man besiegt wurde. Dass Maria der Schlüssel zu ihrem Untergang war, damit hatte sie bereits Frieden geschlossen. Adamo nutzte stets Druckmittel, um zu bekommen, was er wollte. Evelyns Gedanken kreisten nun um Sam. Sie klammerte sich an den Gedanken, dass er irgendwie überlebt hatte. Fünf Stunden waren seit ihrer Verhaftung vergangen. Ihre Ausrüstung hatte man ihnen abgenommen und sie allesamt in Unterwäsche in dieses Loch geworfen. Einer der Rebellen wunderte sich, dass in den gegenüberliegenden Zellen niemand festgehalten wurde, alles war sauber und verlassen. Bruce hatte ihn aufgeklärt, dass man die Widerständler am selben Tag hinrichten würde. Geräusche von gleichmäßigen Schritten ließen die Rebellen aufhorchen. Es war Williams, der oberste Kommandant und zwei seiner fähigsten Leute. Eine blonde Frau mit katzenähnlichen Augen, in deren Mundwinkel ein Zahnstocher hing. Daneben eine etwas skurrile Gestalt mit einer schwarzen Sturmmaske. Beide hatten Magnethandschellen in der Hand und Schusswaffen in ihren Halftern.

»Die Exekution muss noch etwas warten«, klärte Williams die Rebellen auf. »Der Boss will drei von euch sehen!« Evelyn stellte sich sofort vor den Kommandanten, ihre Gesichter waren Zentimeter voneinander entfernt. Nur der gelb flimmernde Schutzschild trennte die beiden. »Nehmen Sie mich zuerst«, rief die Anführerin, um ihre Leute zu schützen. Williams antwortete relativ unbeeindruckt: »Ja, der Boss meinte, er möchte die zwei Schwarzen und die Verräterin sehen.« Der Kommandant tippte auf seiner digitalen Armschiene eine Kombination ein, wodurch das Kraftfeld sich langsam auflöste. Zwei Drohnen flogen herein und hielten die Gefangenen in Schach, ihre Gewehrläufe waren ausgeklappt.

»Macht doch bitte eine falsche Bewegung, dann können wir uns die Farce sparen«, forderte Williams die Rebellen heraus. Keiner rührte sich vom Fleck, als die blonde Soldatin und der Maskierte den Dreien Handschellen anlegten. Zu Evelyns Überraschung hatte der Mann mit der Maske ihre Magnetfesseln nicht aktiviert.

»Verhaltet euch erst mal ruhig«, hörte sie eine vertraute Stimme flüstern. Ein neuer Hoffnungsschimmer keimte in ihr auf. Aus den Öffnungen der Maske funkelten sie die stahlblauen Augen von Sam an. Maria gab sich der Situation vollkommen hin, als man sie herumschubste wie ein Tier, das man zur Schlachtbank führte. Nur Bruce muckte gegen die Soldatin auf, die ihn daraufhin mit einem Stromschlag zum Schweigen brachte.

»Die Fesseln können euch Stromstöße verpassen, falls ihr unartig werdet.« Jane kicherte überheblich. Die russische Kämpferin genoss es, Bruce auf die Weise zu malträtieren. Die anderen Rebellen blieben vorläufig in der Zelle, das Kraftfeld schloss sich wieder. Mithilfe einer schwebenden Plattform, wie es sie schon im Stadtarchiv gab, gelangten die sechs in die oberste Etage. Durch die riesige Glaskuppel konnte man die gesamte Stadt überblicken. In der Eingangshalle standen vor den hölzernen Flügeltüren, die den nächsten Raum abgrenzten, zwei Statuen der griechischen Mythologie. Evelyn erkannte zu ihrer linken den Gott des Krieges und rechts den Göttervater Zeus.

»Boss, wir sind jetzt oben«, teilte sich Williams lautstark mit. Langsam, fast um eine Art Dramaturgie zu erzeugen, schwangen die Türen auf. In ihr Holz waren seltsame Kreaturen geschnitzt, die Evelyn keiner bekannten Ära zuordnen konnte.

»Kommt herein, es wird höchste Zeit, mir einen Menschen einzuverleiben.« Bruce blickte skeptisch zu seiner Anführerin, die Stirn in Falten gelegt. »Was meint der denn damit?« Als die sechs über die Schwelle traten, konnte Evelyn im Vorübergehen sehen, dass die Kreaturen in den Türen etwas Dämonisches an sich hatten. Lange scharfe Reißzähne gruben sich in Körper fliehender Menschen. Im Inneren war das Licht gedimmt, in der Ecke standen, zu Bruces Bedauern, vier Soldaten. Sie bewegten sich nicht, sondern verharrten wie seelenlose Maschinen an ihrem Platz.

»Da seid ihr ja, schön, euch zu sehen«, begrüßte Leo Adamo die Gefangenen, als wären sie seine Gäste. Im Hintergrund fummelte Cloe an einem Gerät herum, Evelyn erkannte sie an ihren langen, roten Haaren. Ihr Gesicht war vollständig wiederhergestellt worden. Auch sonst konnte man keine Verbrennungen sehen.

»Was wird das hier? Ihr hättet uns schon in der Zelle hinrichten können«, fauchte Evelyn den Weißhaarigen an. Dieser wirkte gekränkt, dann fing er an, boshaft zu grinsen und sagte: »Bitte, kleine Schwester, töten werde ich heute nur die Verräterin.« Dabei signalisierte er Williams, der neben ein Becken stand, das den Mittelpunkt des Raumes bildete, Maria in einen Tank zu sperren. Als wäre sie aus einer Trance erwacht, fing Maria an, sich zur Wehr zu setzen. »Sie wollten mich und meine Familie gehen lassen, wenn ich Sie mit den nötigen Informationen versorge«, brüllte sie voller Furcht.

»Wir werden Ihrer Familie nichts antun, von Ihnen war nie die Rede. Eine Verräterin brauche ich nicht in meiner Stadt.« Verächtlich schnippte Adamo mit den Fingern. Kurz darauf stand Maria in dem zylindrischen Behälter. Tonlose Schreie kamen aus ihr heraus, dazu schimmerte ein angstverzerrtes Gesicht durch das milchige Glas. Williams konnte ein Lachen nicht unterdrücken, er wusste, was auf die Frau zukam. Evelyn lockerte ihre Fesseln, hinter ihr stand Sam, den, abgesehen von ihr, alle anderen für einen maskierten

Soldaten Adamos hielten. Mit einer Hand hielt er sie fest. Beide wussten, der richtige Zeitpunkt, um einzuschreiten, war noch nicht gekommen. Selbst wenn das hieße, Marias Leben aufs Spiel zu setzen. So nah würden sie diesem Psychopathen nie mehr kommen. In einem Moment der Erkenntnis schoss Evelyn das Foto in den Kopf, das ihr Stiefvater gemacht hatte. Jetzt wo dieser Fanatiker zum zweiten Mal vor ihr stand, fügte sich das Bild zusammen. Damals, als sie dreizehn Jahre alt war, hatte der Professor ihr ein Lebewesen in einem Tank gezeigt. *Das ist der erste vollkommen synthetisch hergestellte Mensch, meine Liebe.* Die Worte ihres Stiefvaters hallten nach, er hatte mit ihr gefeiert und ein digitales Foto geschossen. Darauf war damals ferner der Tank zu sehen gewesen. Zu ihrem Leidwesen hatte der künstlich geschaffene Mensch weißes Haar, nicht braunes wie Sam. »Du bist Adam, nicht wahr?«, kam es zögerlich aus ihr heraus.

»Ist der Groschen endlich gefallen, kleine Schwester?«, höhnte er, dabei hob er Evelyns Kinn an, um ihr direkt in die Augen sehen zu können. Bruce stand mit offenem Mund daneben.

»Ach du meine Güte, dann bist du dieser Übermensch, den Professor Spike erschaffen hat?« Adamo stolzierte auf ihn zu, darauffolgend verpasste er ihm einen Schlag in die Magengrube. »Ganz recht, das bin ich«, sagte er, wischte sich durch das weiße Haar und sah Evelyn mit seinen smaragdgrünen Augen an. Sie hielt seinem Blick stand und fragte: »Was ist mit dem Mann, der in der Entsalzungsanlage starb?« Sie schindete absichtlich Zeit. Sam hatte sich mittlerweile hinter Bruce gestellt, um ihm die Magnetschellen zu lösen. Jane, die blonde Soldatin, unterstützte währenddessen Cloe bei ihren Vorbereitungen.

»Bevor ich mir mein Auffrischungsbad genehmige, erzähle ich dir eine kurze Geschichte, kleine Schwester«, fing Adamo geduldig an, wobei er seine Arme hinter seinem Rücken verschränkte. *Der Kerl hört sich offenbar gern reden*, dachte sich Sam. So hatte er genug Zeit, Bruce zu befreien. »Hey, mein Freund, halt bitte still«, sprach Sam so leise wie möglich. Bruce wurde hellhörig, diese Stimme konnte er sofort zuordnen. In den letzten Tagen hatte er sie häufiger gehört als jede andere. Adamo fing an, in dem Raum herumzuspazieren, dann blickte er durch das halbrunde Fenster in die Nacht hinaus. »Unser Vater war nicht ganz das Genie, für das du ihn vielleicht gehalten hast«, fing er seine Geschichte an. *Ich gehe zum Anfang zurück, fünfzehn Jahre in die Vergangenheit. Professor Spike war es gelungen, den ersten synthetischen Menschen herzustellen. Ich war zwar immun gegen den Parasiten, hatte dazu außergewöhnliche Fähigkeiten, aber seit ich aus dem Tank gestiegen war, fingen meine Zellen an, sich stetig aufzulösen. Zehn Jahre blieben mir, bevor ich sterben würde. Dies verheimlichte der Professor zunächst vor mir. Mithilfe meines enormen Intellekts durchschaute ich seine Lügen schnell und setzte ihn unter Druck. Er willigte ein, mir einen zweiten Körper zu kreieren. Dieser sollte nicht den Makel des Verfalls aufweisen. Professor Spike arbeitete fieberhaft an diesem Projekt. Es kam zwischen uns immer häufiger zu Streitereien, weil mir meine Idee, den Parasiten zu nutzen, statt ihn zu vernichten, mit jedem Tag besser gefiel. Er kapselte sich in seinem Labor ab und meinte, er wäre bald so weit. Ich ließ ihn tagelang nicht schlafen, da ich diesen neuen Körper fertiggestellt sehen wollte. Dann eines Tages hatte der Professor vergessen, die Tür zu seinem Labor zu verschließen. Mein Misstrauen war so enorm gewachsen, dass ich angefangen hatte, ihn als Feind zu betrachten. Dies bestätigte sich, nachdem ich hinter Projekt Nemesis gekommen war. Professor Spike hatte nie vorgehabt, mir einen zweiten Körper zu erschaffen, stattdessen konstruierte er eine Art persönlichen Racheengel, dem es oblag, mich zu töten. Ihm hatte er Erinnerungen aus seiner eigenen Vergangenheit eingespeist, um seine Emotionen aufzufangen. Ich sei emotional zu instabil, stand in seinen Notizen. Darüber hinaus sollte Projekt Nemesis mit Kampftaktiken ausgestattet werden, um mich auch wirklich stoppen zu können …*

Leo Adamo drehte sich um und war kurzzeitig in Gedanken versunken.

»Dann ist Sam der zweite synthetische Mensch«, schlussfolgerte Evelyn scharfsinnig.

»Er war es«, korrigierte Adamo sie und fuhr fort: »So ein feiger Versuch, mich töten zu wollen, hatte Konsequenzen für unseren Vater.« Der Weißhaarige machte eine theatralische Pause und leckte sich die

Lippen, bevor er verkündete: »Professor Spike hatte erstens nie das Potenzial des Parasiten erkannt und zweitens musste ich ihn für die Lügen büßen lassen.« Adamo fing an, seinen Oberkörper zu entblößen. Trotz seines Alters traten sämtliche Muskeln hervor.

»Statt fünfzehn Jahren sind für mich durch den Zellverfall ungefähr sechzig vergangen«, schnaufte er bitter. Für Evelyn gab es in diesem Moment kein Halten mehr.

»Du mieses Schwein, du hast meinen Stiefvater umgebracht!« Sie kochte vor Wut. Sam griff rechtzeitig nach ihrem Arm, sonst wäre das Überraschungsmoment hinüber gewesen.

»Bleib gelassen, der Moment wird kommen.«

»Unser Vater, kleine Schwester«, verhöhnte Adam sie.

»Er war nie dein Vater, und wir sind sicherlich keine Geschwister, du Missgeburt aus dem Labor«, kreischte Evelyn. Adamo kümmerte die Reaktion wenig, stattdessen begutachtete er das Becken, das sich aufgeheizt hatte. Da er kein Hemd mehr trug, sah man das elektronische Steuergerät, das an seinem Hinterkopf begann, ganz deutlich. Es lief am Rücken entlang und schien mit der Wirbelsäule verbunden zu sein. »Als ich für den Herzanfall unseres Vaters gesorgt hatte, zerstörte ich das Labor. Bedauerlicherweise war er mir ein einziges Mal einen Schritt voraus«, sagte Adamo verächtlich. Dabei fasste er mit seiner Hand in das Becken hinein.

»Gleich ist es so weit«, informierte Cloe ihn von ihren

Armaturen aus. Der weißhaarige Mann drehte sich wieder zu seinen Gefangenen. »Professor Spike muss Projekt Nemesis in einem unterirdischen Labor fast fertiggestellt haben«, sprach er seine Überlegung laut aus. »Ich hätte diesen Mistkerl kein einziges Mal aus den Augen lassen dürfen«, fluchte er und schlug mit der Faust auf den Beckenrand. »Die Ironie an der Sache ist aber, dass unser Vater den zweiten synthetischen Menschen nicht aus seinem komatösen Schlaf holen konnte, bevor er den Herzanfall erlitt.« Evelyn sah kurz zu Sam hinüber, der gebannt Adamos Worten lauschte.

»Zu unserem Pech hat Projekt Nemesis mehr als vierzehn Jahre geschlafen, bevor es erwachte«, rief Bruce und spuckte abfällig auf den Boden. Adam rieb sich die Hände: »Am Ende war es eine glückliche Fügung, denn so konnte ich mir eine Probe seines Blutes sichern.« Ein tiefes Brummen erfüllte den Raum. Der Behälter, in dem sich Maria befand, füllte sich langsam mit einer gelartigen rosa Flüssigkeit.

»Sie können sich nun in das Becken begeben, Sir«, informierte Cloe den weißhaarigen Mann. Dieser stieg mit einem Bein hinein, holte einen dünnen schwarzen Schlauch mit einer metallenen Düse heraus und steckte ihn sich an der Wirbelsäule unter dem Steuergerät ein. »Der Schutzengel, den ihr Sam nennt, schwimmt in kleinen Stücken im Meer.« Adamo lachte diabolisch und versank in der dampfenden Flüssigkeit.

17

Ein übelriechender Gestank verbreitete sich im gesamten Raum. Sogar die Soldaten, die die ganze Zeit regungslos verharrten, mussten sich die Nase zuhalten.

»Igitt, was treibt ihr da?«, keifte Bruce die rothaarige Wissenschaftlerin an. Diese lief zum Tank, in dem sich Maria zu bewegen schien. »Auch dieses Mal läuft die Prozedur ohne Probleme«, stellte sie zufrieden fest. Doch was für sie offenbar normal war, war für Evelyn der blanke Horror. Maria hämmerte permanent gegen das Glas, während die rosafarbene Flüssigkeit immer höher stieg. Unter ihrem Bauchnabel konnte man erkennen, wie sich ihr Körper langsam zersetzte. Nach fünf qualvollen Minuten schwamm der Körper mehr, als dass er aufrecht stand. Das Fleisch löste sich von den Knochen, Evelyn und ihre Freunde konnten noch das halbe schmerzverzerrte Gesicht von Maria in dem Tank erkennen. Nach weiteren drei Minuten hatte sich die Flüssigkeit blutrot gefärbt.

»Leite Regenerationsphase ein«, verkündete Cloe und wischte über das holografische Display an ihrem Bedienpult. Der Schlauch fing an, den Inhalt des Tanks in das Becken zu leiten. »Du meine Güte, was sind das für abstoßende Experimente«, würgte Evelyn. Die rothaarige Wissenschaftlerin kam beleidigt zu ihr hinüber, dabei ließ sie den Prozess nicht aus den Augen. »Adamos Zellen zerfallen jeden Tag aufs Neue. Nur mithilfe von frischem menschlichem Gewebe können wir den Verfall hinauszögern.« Adamo hatte ein Regenerationssystem entworfen, um sich am Leben zu erhalten. Gleichzeitig bot sich ihm ein Weg, sich seiner Feinde zu entledigen.

»Erkennst du uns denn gar nicht mehr?«, fragte Evelyn bestürzt. Cloe stand zwei Sekunden da, als wäre sie vom Blitz getroffen worden. »Natürlich, ihr seid die Rebellen, die uns seit Jahren ein Dorn im Auge sind«, antwortete sie wie auf Kommando. Als sie kehrtmachte und dabei ihr rotes Haar zur Seite strich, konnte Evelyn an ihrem Nacken eine vernarbte Einstichstelle erkennen. Etwas verwirrt hastete Cloe zum Becken zurück. »Sir, Sie können rauskommen, der Prozess ist abgeschlossen.« Die Brühe fing an, Wellen zu schlagen, eine dampfende Hand klammerte sich an den Rand. Nach und nach kam der weißhaarige Mann nach oben. Sein Gesicht wirkte jünger, seine Augen sprühten förmlich vor neuer Energie. »Es ist immer wieder eine Wohltat«, knurrte Adamo ruhig, dabei zog er den Schlauch aus seinem Rücken.

»Ich kann nicht länger warten, Sam«, flüsterte Bruce dem Maskierten nach hinten zu. Dieser nahm seine Handfeuerwaffen aus den Halftern und steckte jeweils eine seinen Freunden zu. Adamo stieg aus dem Becken, nahm sich das weiße Handtuch, das Cloe ihm reichte und wischte seinen Oberkörper ab. Evelyn wollte diesen Bastard näherkommen lassen, bevor sie ihn erschoss, weshalb sie erneut versuchte, ihn in ein Gespräch zu verwickeln. »Du hast den Parasiten meiner Freundin eingepflanzt, stimmt's?«, gab sie provozierend von sich. Der Mund des Weißhaarigen formte ein bizarres Lächeln, Adamo genoss seine Überlegenheit. »Ganz recht, jeden, den ihr hier in diesem Raum seht, habe ich mit der Seuche infiziert«, begann er gelassen. Er warf das Handtuch zur Seite, machte einige Schritte an das Fenster, um erneut seinen Blick über die Stadt schweifen zu lassen. »Die Polizisten, die Leute, die in der Stadtregierung arbeiten, sogar die Stadträte haben eine kleine Operation hinter sich«, erklärte Adamo, ohne sich umzudrehen. Mit einem Finger tippte er auf sein Steuergerät am Kopf, in dem ein blaues Licht pulsierte. »Es hat mich einige Jahre gekostet, herauszufinden, wie man den Parasiten bestmöglich einsetzt, doch die Antwort war schließlich so simpel wie genial.« Aus seinem Schreibtisch, der direkt am Fenster stand, holte Adamo eine kleine, gläserne Sphäre aus der Schublade. Er rollte die Kugel, in der eine silberne Wolke waberte, zwischen seinen Fingern. Zusätzlich zu dem Parasiten enthält jede Spritze diese von mir kreierten Nanobots.« Der weißhaarige Mann steckte sie in seine Hosentasche und betrachtete die Menschen, die sich auf den Straßen tummelten. »Als ich unseren Vater getötet habe, wurde mir eines schlagartig bewusst«, knurrte er wie ein Wolf.

»Solange der freie Wille existiert, werden die Menschen niemals den Gipfel ihres kümmerlichen Daseins erreichen.« Adamo hob seine Arme: »Sie müssen geführt werden, um ihrem Platz auf der Erde gerecht zu werden.« Evelyn entsicherte heimlich ihre Waffe, tauschte Blicke mit Bruce aus und setzte bedächtig einen Fuß nach vorne. »Wer soll die Menschen anführen? Eine Missgeburt aus dem Labor?«, verhöhnte sie den Weißhaarigen. Dieser ballte seine Fäuste: »Ich steuere die Naniten, diese gehen eine Symbiose mit dem Parasiten ein, sodass dieser sich nicht willkürlich ausbreitet und das Gehirn zerstört, sondern seine Fortsätze in den Frontallappen eindringen, um so den Wirt geistig zu beeinflussen.« Adamo lockerte die Hände, beruhigte sich und ließ sich von Cloe eine Injektionspistole geben. »Ich werde es dir gleich hier vorführen, kleine Schwester«, stieß er hervor, dabei bleckte er seine Zähne. Williams, der Kommandant, ergötzte sich an den Wortgefechten, die sich sein Chef mit der Anführerin der Rebellen lieferte.

»Bald gehören Sie mir, Ms. Spike«, entfuhr es Williams lüstern. Adamo warf ihm einen missbilligenden Blick zu und konzentrierte sich dann wieder auf Evelyn. »Durch den Parasiten bin ich in der Lage, jedem meinen Willen aufzuzwingen«, beendete Adamo seine Rede.

»Demonstriere es an deinen Soldaten«, funkte Bruce dazwischen, mit falscher Neugier. Er wusste, wie man diesen weißhaarigen Fanatiker aus der Reserve lockte. »Du bist ein lästiger kleiner Geselle, aber gut, wie du willst«, willigte Adamo ein. Er sah Blake einige Sekunden an. »Erschieß den Schwarzen auf der Stelle«, befahl er lautstark. Der Maskierte umrundete Bruce, dabei gab ihm Williams seine Schrotflinte, die er bei sich trug. »Erschieß ihn hiermit, ich möchte den Kopf wie eine reife Melone platzen sehen«, sagte der Kommandant. Sam zielte mit der Flinte auf Bruce, im Augenwinkel konnte er sehen, dass sich Evelyn bereit machte.

»Drück schon ab, worauf wartest du«, schrie Jane von hinten. Der Kommandant zwinkerte ihr zu, sie war genauso blutrünstig wie er. Im nächsten Augenblick schwenkte Sam blitzschnell die Waffe und drückte vor Williams Augen ab. Dessen Schädel explodierte und seine Hirnmasse verteilte sich an der Wand. Bevor die Anwesenden merkten, wie ihnen geschah, feuerte Evelyn auf Adamo und traf ihm im Unterleib. Verletzt wich dieser zurück und aktivierte an seinem digitalen Armband, das er am Handgelenk trug, eine Barriere, die das halbe Zimmer abtrennte. Es handelte sich um ein Energieschild, genau wie im Gefängnis. »Ich bin euch immer zehn Schritte voraus«, keifte der Weißhaarige. Bruce und Evelyn standen alleine mit den übrigen vier Soldaten auf einer Seite. Bruce ließ seine Handschellen fallen, bückte sich, um sich zusätzlich die Pistole des Kommandanten anzueignen. Sam befand sich auf der anderen Seite des Kraftfeldes. »Was zur Hölle ist in Sie gefahren«, rief Jane und rannte auf ihn zu.

»Ich bin nicht Blake!« Im nächsten Moment riss sich Sam die Sturmmaske vom Kopf. Die Augen der blonden Soldatin wurden groß, während sie ihre Waffe – viel zu spät – zu zücken versuchte. Die Mündung der Schrotflinte gab einen Blitz von sich, Jane wurde nach hinten geschleudert und war sofort tot.

»Du bist noch am Leben?« Adamos Augen weiteten sich und er fluchte. Dabei drückte er auf die Wunde an seinem Bauch und stützte sich am halbrunden Fenster des Büros ab. Sam verlor keine Zeit, zielte auf den Kopf und betätigte den Abzug. Im letzten Moment stieß Cloe ihren Chef zur Seite, die Schrotkugeln zerfetzten ihren linken Arm und die Fensterscheibe hinter ihr. Benommen taumelte sie rücklings und stürzte in die Tiefe. Schnell wie ein Gepard rannte der weißhaarige Mann um das Becken herum, um sich in Sicherheit zu bringen. Währenddessen lieferten sich Evelyn und Bruce ein Feuergefecht mit den übrigen Soldaten. Durch das Überraschungsmoment hatten diese nicht viel entgegenzusetzen. Zwei von ihnen starben, noch während sie ihre Waffen entsicherten. Da die Rebellen geübte Schützen waren, kamen sie ohne schwere Verletzungen davon. Lediglich Bruce beklagte sich über eine Fleischwunde an seinem Arm. Adamo versuchte verzweifelt, am Kontrollpult, den Alarm auszulösen, doch Sam war schneller. Ein gezielter Schuss auf das Bedienfeld machte den Versuch zunichte. Dann hörte der Weißhaarige das Klicken einer leeren Munitionskammer. Sofort kam er hinter seiner Deckung hervor, um Sam anzugreifen. »Du wirst mir nie ebenbürtig sein«, schrie er und packte sich den Lauf der Flinte. Sam ließ abrupt los, verpasste Adamo einen Kinnhaken und wollte mit der anderen Faust nachsetzen. Dieser krallte sich dessen Arm, mit einer geschickten Drehung brach er den Unterarm seines Gegners.

»Hast du nicht mehr drauf, alter Mann?«, unterdrückte Sam die Schmerzen und trat mit dem Knie gegen die Schusswunde an Adamos Bauch. Der Weißhaarige spuckte Blut, torkelte in die Nähe des Beckens, in dem sich die Flüssigkeit, durch den Kurzschluss am Bedienpult, weiter aufheizte. Heißer Dampf stieg nach oben, der bestialische Gestank trieb Sam Tränen in die Augen.

»Unsere Sinne können manchmal ein Fluch sein«, witzelte Adamo angeschlagen. Ihm quollen die Tränen genauso hervor, da sein Geruchssinn ebenso empfindlich war. Mit einem Sprung griff Sam nach dem weißhaarigen Mann und beide landeten unbeabsichtigt in der stinkenden Brühe. Der dünne Schlauch legte sich um Sams Hals, als dieser orientierungslos in der Flüssigkeit ruderte. Beide tauchten auf, wobei Adamo dabei war, ihn zu strangulieren. »Du hast für die Rebellen gekämpft, und jetzt stirbst du für sie«, brüllte der Weißhaarige siegessicher. Mit getrübtem Blick konnte Sam seine beiden Freunde ausmachen, die gegen den Schutzschild schlugen. Verzweifelt mussten sie den Zweikampf mit ansehen, machtlos etwas zu unternehmen. Mit einem letzten Atemzug griff Sam in der Brühe nach der Düse des Schlauchs, holte sie nach oben und stieß sie Adamo in das Steuergerät in seinem Hinterkopf. Sofort löste sich die Schlinge von seinem Hals, sodass er wieder atmen konnte. »Ich bin bereit, für meine Freunde zu sterben, aber nicht heute!« Mit diesen Worten stieß er den weißhaarigen Mann zurück in die brodelnde Flüssigkeit. Da das Steuergerät autark mit Energie versorgt wurde und Sam es zerstört hatte, floss der Strom durch Adamos gesamten Körper. Zuckend und gurgelnd streckte er seine Arme aus. Die Augen färbten sich rot, die Muskeln spannten sich an und aus jeder Körperöffnung trat Blut hervor. Ein letzter Schrei, dann versank der Weißhaarige in dem Becken. Etwas benommen fischte Sam nach dessen Arm und deaktivierte das Energieschild. Erschöpft stieg er aus der stinkenden Flüssigkeit, setzte sich auf den Boden und lehnte sich hustend gegen den Beckenrand. Evelyn warf ihre Waffe weg und eilte ihm entgegen, Bruce drückte die Hand auf seine Wunde und schlurfte hinterher. In der Ferne stieg die Sonne aus dem Meer empor und ihre Strahlen erhellten das Zimmer, das einem Schlachtfeld glich. Als Evelyn Sam umarmte, fragte dieser: »Und? Was ist der nächste Schritt in deinem Plan?« Sie küsste ihn zärtlich auf den Mund und antwortete: »Wir befreien unsere Kameraden, stellen das Heilmittel her und retten die Menschheit.« Bruce kniete sich neben ihnen nieder. »So einfach, und was dann?« Sam schaute Evelyn in die Augen und lächelte. »Was hältst du von einer Reise um die Welt, Eve.«

-Epilog-

Sieben Monate später …

Die klackernden Geräusche ihrer Schuhe ließen das Herz
der Frau schneller schlagen. Jeden Moment rechnete sie
damit, dass man ihr den Umhang vom Körper riss und
sie verhaftete. Seit die Rebellen das Heilmittel in großen
Mengen produzierten, hatte sich in dieser Metropole
einiges geändert. Der Stadtrat besaß wieder die Kontrolle,
die Mauern wurden eingerissen, durch Genexperimente
züchtete man ausgestorbene Tiere. Manche Bürger hatten
sich sogar in der Natur niedergelassen. Kontakte zu
anderen Städten wurden gepflegt, außerhalb der
Stadtmauern herrschte wieder Verkehr auf den maroden
Straßen. Die Nachricht von einem Mittel gegen die
Seuche hatte sich in Windeseile verbreitet. Die Menschen
schienen glücklich, voller Hoffnung, ein neues Kapitel in
ihrer Geschichte aufzuschlagen. Dem konnte die Frau
nichts abgewinnen, sie wusste, früher oder später
begingen sie alle wieder die gleichen Fehler wie einst. In
einer Nebenstraße vergewisserte sie sich, dass niemand
sie sah, dann suchte sie an der Hauswand nach dem
Scanner für den Fingerabdruck. Eine leichte Brise
wirbelte ihren Umhang auf, sodass ihre langen, roten
Haare darunter sichtbar wurden. Ein Teil des

Mauerwerks schob sich nach innen, nachdem ihr Fingerprint erkannt wurde. Rasch schlüpfte sie hindurch und verschwand in der Dunkelheit. Mit ihrem metallenen Arm hangelte sie sich an einem Geländer entlang, folgte den Stufen nach unten und suchte den Lichtschalter. Es war ein riskantes Unterfangen gewesen, aber die Vorbereitungen hatten sich ausgezahlt. In diesem unterirdischen Labor hatten sie damals die nötigen Vorkehrungen getroffen, es war an der Zeit, die Früchte ihrer Arbeit zu ernten. Die rothaarige Frau trat an eine Steuerkonsole und sprach: »Cloe Miller, Zugangscode 7350!« Kurz darauf fuhren die Systeme hoch, die metallene Prothese an ihrer linken Schulter reflektierte das orange Licht der holografischen Bedientafel. Mit zusammengekniffenen Augen hielt sie kurzzeitig ihren mechanischen Arm. Nachdem sie damals aus dem Fenster gestürzt war, war sie glücklicherweise nur ein paar Meter gefallen, bevor sie auf einem Vorsprung liegengeblieben war. Halb bewusstlos vor Schmerzen war sie in die darunterliegende Etage gelangt, hatte sich notdürftig verarztet und dann in Sicherheit gebracht. Ihren linken Arm zu rekonstruieren, schlug fehl, weshalb sie nun diese Prothese besaß. Manchmal quälten sie Schmerzen, als würde der echte Arm unablässig brennen. Notgedrungen hatte sie sich dem dubiosen Arzt anvertraut, der mit Leo Adamo sympathisiert hatte. Damals hatte er bei den Forschungen in Adamos Labor mitgeholfen, nun verrottete seine Leiche zu Cloes Füßen neben einem Glasbehälter. Sie hatte Anweisungen, jeden Mitwisser zu töten, sobald er keinen Nutzen mehr für das Projekt hatte. Cloe inspizierte die Daten, tippte neue Befehle ein und begab sich zu dem Behälter, der ein Wesen mit einer weißen, fast durchsichtigen Haut enthielt. Diese schwamm bis zum Hals in einer türkisblauen Flüssigkeit. Es würde vermutlich noch ein paar Wochen mehr dauern, bis der Mensch komplett fertig war. Die Notizen von Professor Spike waren unvollständig, weshalb nicht alles nach Plan verlaufen war. Wenigstens hatte Sams Blut seinen Teil dazu beigetragen, etwas Besseres zu erschaffen. Sie fasste an das dünnwandige Glas, das durch die Flüssigkeit in dem Gefäß hellblau schimmerte. Die Kälte der Glasfassung strömte durch ihre Hand, mit ihren Augen fixierte sie die Gestalt und flüsterte: »Hören sie mich, Sir?« Das Wesen in dem Behälter bewegte sich nicht. Es schien, als ob es schlief. Eigentlich hatte sie in diesem Stadium auch noch keine Reaktion erwartet. Cloe war im Begriff, das Labor wieder zu verlassen, da öffnete der unvollkommene Mensch seine Augen. Gebannt sah sie durch das bläuliche Glas. Die Gestalt besaß zwei verschieden farbige Iriden. Die eine Iris war smaragdgrün, die andere stahlblau. Mit dem Mund versuchte es, Worte zu formen, so schien es zumindest. Cloe drückte ihr Ohr gegen die glasige Außenhülle, damit sie etwas verstand. Nach ein paar Sekunden atmete sie zufrieden aus, als sie die Laute vernahm, die das Wesen mit weit aufgerissenen Augen stetig wiederholte: »Libertas ruina est!«